मर्ज़ लाइलाज

(व्यंग्य संकलन)

कुन्दन सिंह परिहार

वर्जिन साहित्यपीठ

प्रकाशक
वर्जिन साहित्यपीठ

virginsahityapeeth@gmail.com / 9971275250

सर्वाधिकार सुरक्षित
प्रथम संस्करण- जून, 2024

कॉपीराइट © 2024 **लेखक**

कॉपीराइट

समर्पण

सावित्री *की स्मृति को,*
जो धुआँ बनकर उड़ गयीं

लेखक की बात

लिखते छपते अर्सा हो गया, लगभग पचास वर्ष। उम्र 85 पार हुई। कहानी और व्यंग्य मिलकर बारह किताबें प्रकाशित हो चुकीं। अभी तक थोड़ा बहुत लिखना ज़ारी है, यह प्रकृति की कृपा है।

दरअसल लिखना, न लिखना अपने हाथ में नहीं है। प्रकृति संवेदना, दृष्टि देती है। परिवार, परिवेश, शिक्षा-दीक्षा उसमें इज़ाफा करते हैं। इसलिए लेखक का अपना कुछ नहीं होता--- तेरा तुझको अर्पन। इसी समझ से विनम्र होकर लेखन करना चाहिए, अभिमान की कोई गुंजाइश नहीं है।

व्यंग्य लेखन कठिन कार्य है। इसमें एक उँगली दूसरों पर उठती है तो तीन उँगलियाँ अपनी ओर मुड़ जाती हैं। जिन दोषों पर हम आक्रमण करते हैं उनसे अपने को मुक्त रखना ज़रूरी है। परसाई जैसे लेखक हमारे सामने मानक रख गये हैं। व्यंग्य लेखन इसलिए भी कठिन है क्योंकि समाज पर अत्याचार करने वाले अक्सर ताकतवर होते हैं। हमारे समाज में पैसे और राजनीतिक ताकत से स्वेच्छाचारिता पैदा होती है, जिससे जूझना लेखक के लिए आसान नहीं होता। भ्रष्टाचार और पाखंड जीवन में रस-बस गये हैं और समाज ने इनसे तालमेल बैठा लिया है। पगडंडियों का ज़माना है, राजमार्ग पर चलना निरापद नहीं समझा जाता।

वर्जिन साहित्यपीठ के संचालक भाई ललित मिश्र को एक बार पुनः धन्यवाद। उनके सहयोग के कारण ही मेरे जीवन-काल में मेरी लगभग सभी रचनाओं का पुस्तक रूप में आना संभव हुआ है।

अनुक्रम

मुहल्ले का डॉक्टर

जनार्दन ने एम.बी.बी.एस. करने के बाद मुहल्ले में क्लिनिक खोलने का निर्णय लिया। मुहल्ला पढ़े-लिखे, खाते-पीते परिवारों का था, इसलिए प्रैक्टिस चल पड़ने की काफी गुंजाइश थी।

उन्होंने एक दिन मुहल्ले के परिवारों को क्लिनिक के उद्घाटन का आमंत्रण भेजा। क्लिनिक के सामने शामियाना लगवाया, कॉफी बिस्कुट का इंतज़ाम किया। शाम को मुहल्ले के लोग परिवारों के साथ इकट्ठे हो गये।

बुज़ुर्गों की तरफ से सुझाव आने लगे - 'किसी को ब्लड-प्रेशर नापने के लिए बैठा देते' या 'ब्लड-शुगर की जाँच के लिए किसी को बैठा देते, तब सही मायने में क्लिनिक का उद्घाटन होता। ' डॉक्टर साहब सब के सुझाव सुन रहे थे। हर सुझाव का जवाब था, 'कल से सब शुरू होगा। आज तो आप सब का आशीर्वाद चाहिए। '

मुहल्ले के बुज़ुर्ग लाल साहब डॉक्टर साहब के पीछे पीछे घूम रहे थे। बीच बीच में कह रहे थे, 'एक बार मेरी जाँच कर लेते तो अच्छा होता। तबियत हमेशा घबराती रहती है। किसी काम में मन नहीं लगता। भूख भी आधी हो गयी है। '

डॉक्टर साहब ने ऐसे ही पूछ लिया, 'यह परेशानी कब से है?'

लाल साहब बोले, 'सर्विस में एक बार डिपार्टमेंटल इनक्वायरी बैठ गयी थी। उसमें तो छूट गया, लेकिन तब से डर बैठ गया। रात को कई बार पसीना आ जाता है और नींद खुल जाती है। '

डॉक्टर साहब ने पीछा छुड़ाया, बोले, 'कल आइए, देख लेंगे।'

लाल साहब निराश होकर चुप हो गये।

डॉक्टर साहब का उद्घाटन कार्यक्रम हो गया। सब उन्हें शुभकामना और आशीर्वाद देकर चले गये।

दूसरे दिन लाल साहब सबेरे साढ़े सात बजे ही डॉक्टर साहब के दरवाज़े पर हाज़िर होकर आवाज़ देने लगे। डॉक्टर साहब भीतर से

ब्रश करते हुए निकले तो लाल साहब बोले, 'मैं पार्क में घूमने के लिए निकला था। सोचा, लगे हाथ आपको दिखाता चलूँ। दुबारा कौन आएगा। '

डॉक्टर साहब विनम्रता से बोले, 'साढ़े दस बजे आयें अंकल। उससे पहले नहीं हो पाएगा। '

लाल साहब ने 'अरे' कह कर मुँह बनाया और विदा हुए। फिर दोपहर को हाज़िर हुए। डॉक्टर साहब ने जाँच-पड़ताल करके कहा, 'कुछ खास तो दिखाई नहीं पड़ता। ब्लड-शुगर की जाँच कराके रिपोर्ट दिखा दीजिए। '

लाल साहब निकलते निकलते दरवाज़े पर मुड़ कर बोले, 'मुहल्ले वालों से फीस लेंगे क्या? '

डॉक्टर साहब संकोच से बोले, 'जैसा आप ठीक समझें। '

लाल साहब 'अगली बार देखता हूँ' कह कर निकल गये।

डॉक्टर साहब ने शाम की पारी में नौ बजे तक बैठने का नियम बनाया था। दो तीन दिन बाद मुहल्ले के एक और बुज़ुर्ग सक्सेना जी रात के दस बजे आवाज़ देने लगे। डॉक्टर साहब निकले तो बोले, 'अरे, सत्संग में चला गया था। वहाँ टाइम का ध्यान ही नहीं रहा। घर में बच्चे को 'लूज़ मोशन' लग रहे हैं। कुछ दे देते। आपके पास तो सैंपल वगैरः होंगे। '

डॉक्टर साहब ने असमर्थता जतायी तो सक्सेना साहब नाराज़ हो गये। बोले, 'जब मुहल्ले वालों का कुछ खयाल ही नहीं है तो मुहल्ले में क्लिनिक खुलने से क्या फायदा? '

वे भकुर कर चले गये।

फिर एक दिन एक बुज़ुर्ग खन्ना साहब आ गये। उन्होंने बताया कि उनके डॉक्टर साहब के मरहूम दादाजी से बड़े गहरे रसूख थे और उनकी उनसे अक्सर मुलाकात होती रहती थी। वे बार बार कहते रहे कि डॉक्टर साहब उनके लिए पोते जैसे हैं। आखिर में वे यह कह कर चले गये कि वे फीस की बात करके डॉक्टर साहब को धर्मसंकट में नहीं डालना चाहते। चलते चलते वे डॉक्टर साहब को ढेरों आशीर्वाद दे गये।

फिर दो चार दिन बाद रात को एक बजे डॉक्टर साहब का फोन बजा। उधर मुहल्ले के एक और बुजुर्ग चौधरी जी थे। बोले, 'भैया, पेट में बड़ी गैस बन रही है। एसिडिटी बढ़ी है। नींद नहीं आ रही है। कुछ दे सको तो किसी को भेजूँ। '

डॉक्टर साहब ने फोन 'स्विच ऑफ' कर दिया।

अब कभी कभी डॉक्टर साहब सोचने लगते हैं कि मुहल्ले में दवाखाना खोलकर अक्लमंदी का काम किया या बेअक्ली का?

अन्तरात्मा की ख़तरनाक आवाज़

एक हफ्ते से मुख्यमंत्री जी की नींद हराम है। रात करवटें बदलते गुज़रती है। कारण यह है कि विपक्ष ने अविश्वास प्रस्ताव पेश किया है और तीन दिन बाद प्रस्ताव पर वोटिंग होनी है। चिन्ता का कारण यह है कि मुख्यमंत्री जी की सरकार दो और पार्टियों के सहयोग से बनी है और उनमें से एक, देशप्रेमी पार्टी के नेता देशभक्त जी ने एक अखबार को इंटरव्यू में बयान दिया है कि उनकी पार्टी अन्तरात्मा की आवाज़ पर वोट देगी। तभी से मुख्यमंत्री जी को चैन नहीं है। बार बार अपने सरकारी आवास को हसरत से देखते हैं कि यह वैभव रहेगा या छूट जाएगा?

उन्होंने अपने विश्वस्त मंत्री त्यागी जी को बुलाया। आदेश दिया कि दोनों पार्टियों के नेताओं से मिलें और वस्तुस्थिति का ठीक ठीक पता लगाकर उन्हें तुरन्त जानकारी दें। त्यागी जी तत्काल पवनपुत्र की तरह पवन-वेग से रवाना हुए। मुख्यमंत्री जी बेचैनी से कमरे में टहलते रहे। त्यागी जी लौटे तो चेहरे पर चिन्ता विराजमान थी। मुख्यमंत्री जी को बताया, 'जनसेवक पार्टी से तो कोई खतरा नहीं है, उनका सपोर्ट तो पक्का मिलेगा, लेकिन देशभक्त जी के मन में खोट है। साफ मना भी नहीं करते, लेकिन कहते हैं कि पार्टी के लोग अन्तरात्मा की आवाज़ पर वोट देना चाहते हैं। मैंने बहुत कोशिश की लेकिन साफ साफ बताने से बचते रहे। '

सुनकर मुख्यमंत्री जी का मुँह उतर गया, बोले, 'इनकी अन्तरात्मा वोटिंग के टाइम ही जागती है। हम सब समझते हैं। अब वोटिंग से पहले इनकी अन्तरात्मा की आवाज़ को शान्त करना पड़ेगा। राजनीति में किसी का भरोसा नहीं है। उधर से मलाईदार कटोरा रख दिया जाएगा तो अन्तरात्मा की आवाज़ पर पल्टी मार जाएँगे। समय रहते इनका इलाज करना पड़ेगा। मंत्रिमंडल में कोई फायदेवाला पोर्टफोलियो चाहते होंगे, इसीलिए अन्तरात्मा अचानक

आवाज़ देने लगी है। देशभक्त जी को फोन करके बुलाओ। बात करनी पड़ेगी। '

थोड़ी देर में देशभक्त जी हाज़िर हो गये। हँसकर मुख्यमंत्री जी से बोले, 'हम तो सोलहों आने आपके साथ हैं, लेकिन पार्टी के कुछ लोग खामखाँ अन्तरात्मा की आवाज़ की रट लगाये हैं। क्या करें? '

मुख्यमंत्री जी उन्हें कमरे में ले गये। त्यागी जी की उपस्थिति में गोपनीय बात हुई। एक घंटे तक बात चली। देशभक्त जी बाहर निकले तो तो उनका चेहरा खुशी से चमक रहा था। चलते चलते हाथ उठाकर मुख्यमंत्री जी से बोले, 'आप बिलकुल निश्चिन्त रहें। हम प्रान जाएं पर वचन न जाई के उसूल पर चलने वाले हैं। पार्टी के लोगों को समझाने का जिम्मा हमारा है। कोई गड़बड़ नहीं होगी। '

उनके जाने के बाद मुख्यमंत्री जी त्यागी जी से बोले, 'त्यागी जी, पॉलिटिक्स में अन्तरात्मा की आवाज़ से बड़ा हौआ कोई नहीं होता। यह अन्तरात्मा की आवाज़ अच्छों अच्छों की नींद हराम कर देती है। इस पर तुरन्त साइलेंसर न लगाया जाए तो बड़ा नुकसान हो सकता है। हमने अभी तो साइलेंसर लगा दिया है, लेकिन आगे सावधान रहना पड़ेगा। '

छगनभाई और फेसबुक

छगनभाई फेसबुक के कीड़े हैं। दिन रात फेसबुक में डूबे रहते हैं। फेसबुक में अपनी एक अलग दुनिया बसा ली है। उसी में रमे रहते हैं। अब बाहरी दुनिया की बेरुखी की ज़्यादा परवाह नहीं रही। फेसबुक पर 'लाइक' और 'कमेंट' लेते-देते रहते हैं। उसी में मगन रहते हैं।

छगनभाई साहित्य की सभी विधाओं में दखल रखते हैं। कविता, कहानी, निबंध, गज़ल, चुटकुले, कुछ भी ठोकते रहते हैं और दोस्तों की तारीफ और 'वाह वाह' पाकर निहाल होते रहते हैं। जो 'लाइक' नहीं देते उन्हें दोस्तों की लिस्ट से खारिज करते रहते हैं।

उस दिन सबेरे सबेरे छगनभाई बाहर निकले। मौसम सुहाना था। बिजली के तारों पर बैठीं चिड़ियाँ चहचहा रही थीं। सूरज का लाल गोला सामने उभर रहा था। छगनभाई के मन में कविता फूटी। तत्काल वापस लौट कर तख्त पर आसन जमाया और एक चौबीस लाइन की कविता ठोक दी। उसके बाद फटाफट उसे फेसबुक पर ठेल दिया और फिर चातक की तरह टकटकी लगाकर बैठ गये कि 'लाइक'और 'कमेंट' की बूंदें गिरें और उनकी बेचैन आत्मा को सुकून मिले।

समय गुज़रता गया और मोबाइल चुप्पी साधे रहा। न कोई 'लाइक', न 'कमेंट'। छगनभाई कोई भी टोन आने पर उम्मीद में मोबाइल में झाँकते और वहाँ फैले वीराने को देखकर मायूस हो जाते। धीरे धीरे दोपहर हो गयी। कहीं से कोई हलचल नहीं। छगनभाई का भरोसा दुनिया से उठने लगा। दुनिया बेरौनक, बेरंग, बेवफा लगने लगी।

जब शाम तक कोई सन्देश नहीं आया तो छगनभाई का धीरज छूट गया। एक घनिष्ठ मित्र जनार्दन जी को फोन लगाया। पूछा, 'क्या हालचाल है? '

जवाब मिला, 'सब बढ़िया है गुरु। आप सुनाओ। '

छगनभाई बोले, 'कहां हो अभी? '

जनार्दन जी बोले, 'ग्वारीघाट आया था। नर्मदा जी में डुबकी लगा कर निकला हूँ। चित्त प्रसन्न हो गया। '

छगनभाई बोले, 'एक कविता फेसबुक पर डाली है। देख लेना। '

उधर से जवाब मिला, 'घर पहुंचकर देखूंगा भैया। मैं तो आपकी पोस्ट को बिना पढ़े ही 'लाइक' या 'बढ़िया' ठोक देता हूँ। आखिरकार दोस्त किस दिन काम आएंगे? '

छगनभाई चुप हो गये। चैन नहीं पड़ा तो एक और मित्र शीतल जी को फोन लगाया। पूछा, 'फेसबुक पर मेरी कविता देखी क्या? '

शीतल जी दबी ज़बान से बोले, 'अभी एक प्रवचन में बैठा हूँ। घर पहुँचकर पढ़ूँगा। '

छगनभाई कुढ़ गये। हताश पलंग पर लेट गये। लग रहा था दुनिया में सब व्यर्थ है, कोई आदमी भरोसे के लायक नहीं।

घर में उनके साले साहब आये हुए थे। पत्नी से छोटे। बोले, 'जीजाजी, उठिए। सिनेमा देख आते हैं। अच्छी फिल्म लगी है। टिकट मेरे जिम्मे। '

छगनभाई भुनकर बोले, 'ये फिल्म-विल्म सब फालतू लोगों के काम हैं। मुझे कोई फिल्म नहीं देखना। तुम अपनी दीदी को लेकर चले जाओ। '

पत्नी नाराज़ होकर बोली, 'आपको नहीं जाना तो विक्की को क्यों डाँट रहे हैं? आपका मिजाज़ समझना बड़ा मुश्किल है। पता नहीं कब देवता चढ़ जाएँ। '

छगनभाई में पत्नी से टकराने का साहस नहीं था। मुँह को चादर से ढक कर पड़े रहे।

तभी मोबाइल की टोन बजी। छगनभाई ने चादर हटाकर उसमें झाँका। एक फेसबुक मित्र ने उनकी कविता की भरपूर प्रशंसा की थी और उन्हें शब्दों का चितेरा और अद्भुत प्रतिभा-संपन्न बताया था। पढ़ कर छगनभाई की तबियत बाग-बाग हो गयी। सबेरे से जमकर बैठा अवसाद पल भर में छँट गया। दुनिया सुहानी और भरोसे

के लायक लगने लगी।

उसके पीछे पीछे एक और पोस्ट आयी। उसमें भी छगनभाई की कविता की भूरि-भूरि प्रशंसा की गयी थी और उन्हें आला दर्जे का कवि सिद्ध किया गया था।

छगनभाई चादर फेंककर पलंग से उठ बैठे। विक्की के कंधे को बाँह में लपेट कर बोले, 'मैं तो ऐसे ही मज़ाक कर रहा था। फिल्म देखने ज़रूर चलूँगा और टिकट भी मैं ही खरीदूँगा। '

प्यार पर पहरा

खबर गर्म है अमरावती के एक स्कूल में प्राचार्य जी ने लड़कियों को शपथ दिलवायी कि वे प्रेम-विवाह नहीं करेंगीं। समझ में नहीं आया कि प्राचार्य जी को इश्क से इतनी चिढ़ क्यों है। लगता है उन्होंने इश्क में गच्चा खाया होगा, तभी उन्हें इश्क से एलर्जी हुई। कबीर कह गये, 'ढाई अक्षर प्रेम का, पढ़े सो पंडित होय' और बुल्ले शाह ने फरमाया, 'बेशक मंदिर मस्जिद तोड़ो, पर प्यार भरा दिल कभी ना तोड़ो', लेकिन प्राचार्य जी प्यार भरा दिल तोड़ने के लिए हथौड़ा लेकर खड़े हैं।

'जिगर' ने लिखा, 'ये इश्क नहीं आसाँ, बस इतना समझ लीजे, इक आग का दरया है और डूब के जाना है', और 'ग़ालिब' ने लिखा, 'इश्क पर ज़ोर नहीं, है ये वो आतिश ग़ालिब, जो लगाये न लगे और बुझाये न बने। ' प्राचार्य जी ने सही सोचा कि कोमलांगी कन्याओं को इस ख़तरनाक आग में कूदने से बचना चाहिए और अगर नासमझी में यह नामुराद आग लग जाए तो तुरन्त अग्निशामक यंत्र की मदद से उसे बुझाने का इंतज़ाम करना चाहिए।

प्रेम-विवाह से बचने का अर्थ यह निकलता है कि शादी अपनी जाति और अपने धर्म में और माता-पिता की सहमति से की जाए, और दिल के दरवाज़े पर मज़बूत ताला लगा कर रखा जाए ताकि उसमें इश्क की 'एंट्री' ना होने पाए।

पारंपरिक परिवारों में लड़की के बड़े होने के साथ माता-पिता का चैन और नींद हराम होने लगते हैं। नाते-रिश्तेदारों की मदद से वर के लिए खोजी अभियान चलाना पड़ता है। ज़िन्दगी भर की बचत लड़की की शादी के लिए समर्पित हो जाती है। कहीं बात चली तो कन्या-दर्शन का कार्यक्रम होगा। खुद लड़का, उसके माता-पिता, भाई-बहन, चाचा-चाची, फूफा-फूफी, मामा-मामी, दादा-दादी, सब अपने-अपने चश्मे से लड़की का चेहरा झाँकिंगे। कोई छूट जाएँ तो बाद में पधार सकते हैं। लड़की नुमाइश के लिए उपलब्ध

रहेगी। वर-पक्ष का निर्णय मिलने तक कन्या-पक्ष की साँस चढ़ी रहती है, रक्तचाप बढ़ा रहता है।

लड़की पसन्द आ गयी तो फिर दहेज की बात। प्रस्ताव बड़ी सज्जनता के साथ आते हैं--- 'हमें तो कुछ नहीं चाहिए, लेकिन लड़के के ताऊजी चाहते हैं कि---', 'हमें तो कुछ नहीं चाहिए, लेकिन लड़के के दादा की इच्छा है कि---'। जब तक शादी नहीं हो जाती लड़की के माता-पिता की जान साँसत में रहती है। कई मामलों में शादी के बाद भी कन्या-पक्ष का जीना हराम रहता है। हमारे समाज में वर-पक्ष को कन्या-पक्ष से श्रेष्ठ समझा जाता है। इसीलिए मामा भांजे के पाँव छूता है और साले-साली के साथ मनचाही मसखरी की छूट रहती है। अपनी बहन और पत्नी की बहन में बहुत फर्क होता है। कहीं कहीं बूढ़े नाना को नाती के पाँव छूते देखा है।

कन्या के दर्शन के बाद वर-पक्ष अस्वीकृत कर दे तो लड़की अवसाद में घिर जाती है। दो चार बार ऐसा हुआ तो लड़की का आत्मविश्वास और आत्मसम्मान दरकने लगता है। माता-पिता की परेशानी देख कर लड़की अपने को अपराधी महसूस करने लगती है।

अब लड़कियाँ फाइटर प्लेन चला रही हैं, हर पेशे में आगे बढ़ रही हैं, खुद का व्यवसाय चला रही हैं, सरकार में मंत्री बन रही हैं, लेकिन अब भी बहुत से लोगों की सोच पिछली सदी में अटकी है। लड़की प्रेम-विवाह करती है तो वह माता-पिता को ज़िम्मेदारी और परेशानी से मुक्त करती है और उनके कमाये धन को उनके बुढ़ापे के लिए छोड़ जाती है। पारंपरिक शादियाँ उन धनाढ्यों को 'सूट' करती हैं जिनके पास उड़ाने और दिखाने के लिए बहुत माल होता है। परसाई जी ने 'सुशीला' उस कन्या को कहा है जो भाग कर अपनी शादी कर लेती है और माता पिता का धन बचा लेती है। लेकिन बहुत से लोगों के मन में अभी वही सिर झुका कर बैठने वाली, मौन रहने वाली, पैर के अँगूठे से ज़मीन खुरचने वाली सुशील कन्या बैठी है।

इश्क की मुखालफ़त करने वालों को याद दिलाना ज़रूरी है कि कभी एक बादशाह (एडवर्ड अष्टम) ने अपनी प्रेमिका से शादी करने के लिए अपनी गद्दी छोड़ दी थी।

सीनियारिटी की फाँस

उस दफ्तर में एक काम से गया था। बरामदे में से गुज़रते हुए नकुल बाबू टकरा गये। मेरे परिचित थे। वे बरामदे की पट्टी पर कुहनियाँ टेके, शून्य में ताकते, आँखें झपका रहे थे। सलाम- दुआ हुई।

मैंने पूछा, 'आप इसी दफ्तर में हैं? '

वे बोले, 'हाँ जी। तीस साल हो गये। '

मैं समझ गया कि फाइलें खंगालते खंगालते वे मछली की तरह थोड़ी ऑक्सीजन लेने के लिए बाहर आ गये हैं।

उनसे बात करते करते खिड़की में से मेरी नज़र एक और परिचित बृजबिहारी बाबू पर पड़ी। वे अन्दर एक मेज़ पर झुके थे।

मैंने नकुल बाबू से पूछा, 'बृजबिहारी जी भी आपके ऑफिस में हैं? '

वे सिर हिलाकर बोले, 'हाँ जी, वे भी यहीं हैं। '

बृजबिहारी बाबू के बालों की सफेदी को ध्यान में रखते हुए मैंने पूछा, 'आप उनके अंडर में होंगे? '

सुनते ही नकुल बाबू का मुँह उतर गया। चेहरे पर कई रंग आये और गये। लगा जैसे मेरी बात से उनको ज़बरदस्त धक्का लगा।

एक क्षण मौन रहकर उत्तेजित स्वर में बोले, 'क्या कह रहे हैं! बृजबिहारी जी मेरे अंडर में हैं। आई एम हिज़ सीनियर। '

मैंने सहज भाव से कहा, 'अच्छा, अच्छा! मुझे मालूम नहीं था। उनकी उम्र देखकर मैंने उन्हें सीनियर समझा। '

वे आहत स्वर में बोले, 'उम्र से क्या होता है? मैंने सन इक्यासी में ज्वाइन किया और वे पचासी में आये। चार साल की सीनियारिटी का फर्क है। '

मैं 'ठीक है' कह कर आगे बढ़ गया। थोड़ा आगे जाने पर लगा कोई पीछे से आवाज़ दे रहा है। देखा तो नकुल बाबू झपटते आ रहे थे। मैं रुक गया। उनके माथे पर बल दिख रहे थे, लगता था किसी बात को लेकर परेशान हैं। पास आकर बोले, 'आपने मुझे बहुत डिस्टर्ब

कर दिया। सीनियारिटी बड़ी तपस्या के बाद मिलती है। कितनी मेहनत करनी पड़ती है। आपने बिना सोचे समझे कह दिया कि बृजबिहारी बाबू मुझसे सीनियर हैं। थोड़ा मुझसे पूछ तो लेते। '

मैंने जवाब दिया, 'कोई बात नहीं। मुझे मालूम नहीं था। '

वे बोले, 'आप मुझे अपना मोबाइल नंबर दीजिए। मैं आपको डिटेल में समझाऊँगा कि मैंने किस किस के अंडर में काम किया और कैसे सीनियर हुआ। आई एम वन ऑफ द सीनियरमोस्ट परसंस इन द डिपार्टमेंट। '

मैंने 'बताइएगा' कह कर उनसे पीछा छुड़ाया।

उस दिन उनका फोन नहीं आया। मैंने समझा बात उनके मन से उतर गयी। रात को खा-पी कर गहरी नींद में डूब गया। अचानक मोबाइल की घंटी बजी। नींद में कुछ समझ में नहीं आया। बिना चश्मे के मोबाइल भी नहीं पढ़ पाया। दीवार पर घड़ी देखी तो डेढ़ बजे का वक्त दिखा। उस तरफ नकुल बाबू थे। बुझे बुझे स्वर में बोले, 'इस वक्त जगाने के लिए माफ कीजिएगा। बात यह है कि आपने आज मेरे पूरे दिन का सत्यानाश कर दिया। आपसे मिलने के बाद अभी तक टेंशन में हूँ। नींद नहीं आ रही है, इसलिए आपको फोन करना पड़ा। आप सीनियारिटी का मतलब नहीं समझते। उसे मामूली चीज़ समझते हैं। मैं आपको समझाता हूँ कि सीनियारिटी कैसे मिलती है और उसकी क्या अहमियत है। ' फिर वे बिना साँस लिये बताते रहे कि उन्होंने किन किन महान अधिकारियों के मार्गदर्शन में काम किया और कैसे सीनियारिटी नाम का दुर्लभ रत्न प्राप्त किया।

दस मिनट तक उनकी सफाई सुनने के बाद मैंने मोबाइल दूर रख दिया, लेकिन उनके शब्दों की भनभनाहट चलती रही। जाने कब मुझे नींद आ गयी। सबेरे जब आँख खुली तो मोबाइल और नकुल बाबू, दोनों ही शान्त थे।

उस दिन से डर रहा हूँ कि किसी दिन फिर नकुल बाबू फोन करके सीनियारिटी की अहमियत न समझाने लगें।

साहब लोग का ढॉयलेढ

उस दफ्तर में दो टॉयलेट हैं। एक साहब लोगों का है और दूसरा क्लास थ्री और फ़ोर के लिए। साहब लोग भूलकर भी दूसरे टॉयलेट में नहीं जाते, और साहबों को छोड़कर दूसरों को पहले टॉयलेट में जाने की सख़्त मुमानियत है। क्लास थ्री या फ़ोर का कोई रँगरूट अगर भूल से साहब लोग के टॉयलेट में चला जाए तो उसकी ख़ासी लानत- मलामत होती है। ख़ुद बड़े बाबू उसकी क्लास लेते हैं।

कभी एक और दफ्तर में जाना हुआ था। वहाँ टॉयलेट के दरवाज़े पर एक पट्टिका लगी थी जिसका कुछ हिस्सा दरवाज़े के पल्ले से छिपा था। पट्टिका पर लिखा दिखायी पड़ा---'शौचालय अधिकारी'। देखकर चमत्कृत हुआ। यह कौन सा पद निर्मित हो गया? थोड़ा आगे बढ़ा तो पूरी पट्टिका दिखी। पूरी इबारत थी---'शौचालय अधिकारी वर्ग', यानी अधिकारी वर्ग के लिए आवंटित टॉयलेट था।

पहले जिन टॉयलेट्स की बात की उसके बड़े साहब अपने वर्ग के टॉयलेट में कुछ सुधार चाहते हैं। वे कहीं ऐसे नल देख आये हैं जिनमें हाथ नीचे लाते ही अपने आप पानी गिरने लगता है और हाथ हटाने पर अपने आप बन्द हो जाता है। नल खोलने या बन्द करने की ज़रूरत नहीं होती। बड़े साहब तत्काल अपने टॉयलेट में ऐसे ही नल लगवाना चाहते हैं। लगे हाथ वे पुराने फर्श को तोड़कर चमकदार टाइल्स भी लगवाना चाहते हैं ताकि टॉयलेट साहब लोग के स्टेटस के अनुरूप हो जाए। बड़े साहब की इच्छा को छोटे साहबों ने ड्यूटी के रूप में ग्रहण किया और तत्काल ठेकेदार को काम सौंप दिया गया।

लेकिन समस्या यह आयी कि टॉयलेट मुकम्मल होने तक साहब लोग 'रिलीफ़' पाने के लिए किधर जाएँगे। बड़े साहब का आदेश ज़ारी हुआ कि टॉयलेट मुकम्मल होने तक सभी अफ़सरान थ्री और फ़ोर क्लास वाले टॉयलेट में ही राहत पायेंगे। चार छः दिन की तो बात है।

लेकिन यह फ़रमान सुनते ही साहब लोगों के मुख मुरझा गये। थ्री और फ़ोर क्लास वाले टॉयलेट में कैसे जाएँगे? क्या अब साहब लोगों और निचली क्लास के लोगों के बीच कोई फ़र्क़ नहीं रहेगा? 'रबिंग शोल्डर्स विथ देम! '

एक दो दिन के अनुभव के बाद साहबों के बीच भुनभुन होने लगी। 'इन लोगों में एटीकेट नहीं है। टॉयलेट में एक दूसरे से बात करेंगे या एक दूसरे पर हँसेंगे। एक दूसरे का मज़ाक उड़ायेंगे। वो धनीराम तो वहाँ जोर जोर से गाने लगता है। टॉयलेट का भी कुछ एटीकेट होता है। वहाँ हम इनके बगल में खड़े होते हैं तो बहुत 'एम्बैरैसिंग' लगता है। 'रिलीफ़' का काम भी ठीक से नहीं हो पाता। उस पर साइकॉलॉजी का असर होता है। '

टॉयलेट का काम शुरू होने के दो दिन बाद दास साहब बड़े साहब के पास जाकर बैठ गये हैं। कहते हैं, 'सर, मेरी रिक्वेस्ट है कि लंच ब्रेक आधा घंटा बढ़ा दिया जाए। 'रिलीव' होने के लिए सिविल लाइंस तक जाना पड़ता है। यहाँ बहुत 'अनकंफर्टेबिल' 'फ़ील' होता है। 'एडजस्ट' करने में दिक्कत होती है। अटपटा लगता है। ऑफ़िस में हम साथ साथ बैठ सकते हैं, लेकिन टॉयलेट में आजू- बाजू खड़ा होना बहुत मुश्किल है। इट इज़ ए डिफ़रेंट फ़ीलिंग ऑलटुगैदर। लगता है जैसे हमारी साइज़ कुछ छोटी हो गयी हो। '

बड़े साहब सहानुभूति में सिर हिलाते हैं, कहते हैं, 'आई कैन अंडरस्टैंड इट। यू कैन टेक मोर टाइम आफ़्टर लंच। आई वोन्ट माइंड इट। तीन चार दिन की बात है। '

दास साहब संतुष्ट होकर उठ जाते हैं। फिर भी दफ्तर में हल्का टेंशन रहता है। ज़्यादातर साहब लोग 'रिलीव' होने के लिए बाहर भागते हैं, लेकिन डायबिटीज़ वालों को मजबूरन दफ्तर में ही 'रिलीव' होना पड़ता है।

छः दिन में टॉयलेट का सुधार संपन्न हो गया। साहब लोगों ने राहत की साँस ली। बड़े साहब ने सबसे पहले नये 'गैजेट्स' का इस्तेमाल किया और फिर बाकी साहब लोगों ने भी उनका आनन्द लिया। छः दिन बाद आखिरकार वो 'डिस्टर्बिंग फ़ीलिंग' ख़त्म हो गयी।

अपनी किताब पढ़वाने की कला

सुबह आठ बजे दरवाज़े की घंटी बजी। आश्चर्य हुआ सुबह सुबह कौन आ गया। दरवाज़ा खोला तो सामने बल्लू था। चेहरे से खुशी फूटी पड़ रही थी। सारे दाँत बाहर थे। हाथ पीछे किये था, जैसे कुछ छिपा रहा हो।

दरवाज़ा खुलते ही बोला, 'बूझो तो, मैं क्या लाया हूँ? '

मैंने कहा, 'मिठाई का डिब्बा लाया है क्या? प्रोमोशन हुआ है? '

वह मुँह बनाकर बोला, 'तू सब दिन भोजन-भट्ट ही बना रहेगा। खाने-पीने के अलावा भी दुनिया में बहुत कुछ है। '

मैं झेंपा। वह हाथ सामने लाकर बोला, 'यह देखो। '

मैंने देखा उसके हाथ में किताब थी। कवर पर बड़े अक्षरों में छपा था 'बेवफा सनम', और उसके नीचे लेखक का नाम 'बलराम वर्मा'।

मैंने झूठी खुशी ज़ाहिर की। कहा, 'अरे वाह, तेरी किताब है? ग़ज़ब है। तू तो अब बुद्धिजीवियों की जमात में शामिल हो गया। '

वह गर्व से बोला, 'उपन्यास है। यह तुम्हारी कापी है। पढ़ कर बताना है। ढाई सौ पेज का है। रोज पचास पेज पढ़ोगे तो आराम से चार- छः दिन में खतम हो जाएगा। वैसे हो सकता है कि तुम्हें इतना पसन्द आये कि एक रात में ही खतम हो जाए। '

मैंने झूठा उत्साह दिखाते हुए कहा, 'ज़रूर ज़रूर, तेरी किताब नहीं पढ़ूँगा तो किसकी पढ़ूँगा? दोस्ती किस दिन के लिए है? '

वह किताब पकड़ाकर चला गया। अगले दिन रात को नौ बजे उसका फोन आ गया। बोला, 'वह जो उपन्यास की भूमिका में 'घायल' जी ने मेरी किताब को सदी के सर्वश्रेष्ठ उपन्यासों में से एक बताया है, वह तूने पढ़ा है? '

मैंने घबराकर झूठ बोला, 'बस पढ़ ही रहा हूँ, गुरु। तकिये की बगल में रखी है। '

वह व्यंग्य से बोला, 'मुझे पता था तूने अभी किताब खोली भी नहीं होगी। '

मैंने कहा, 'बस शुरू कर रहा हूँ तो खतम करके ही छोड़ूँगा। '

किताब की भूमिका पढ़ी। उसमें 'घायल' जी ने बल्लू को चने के झाड़ पर चढ़ा दिया था। फिर पहला चैप्टर पढ़ा। उसमें घटनाओं और भाषा का उलझाव ऐसा था कि पढ़ते पढ़ते दिमाग सुन्न हो गया। पता नहीं कब नींद आ गयी।

दो दिन बाद फिर उसका फोन आया। बोला, 'वह जो लवली अपने लवर को थप्पड़ मारती है वह तुझे ठीक लगा या नहीं? '

मैंने घबराकर पूछा, 'यह कौन से चैप्टर में है गुरु? '

वह व्यंग्य से हँसकर बोला, 'तीसरे चैप्टर में। मुझे मालूम था तू अभी पहले चैप्टर में ही अटका होगा। मेरी किताब को छोड़कर तुझे बाकी बहुत सारे काम हैं। '

मैंने शर्मिन्दा होकर कहा, 'बस स्पीड बढ़ा रहा हूँ, गुरु। जल्दी पढ़ डालूँगा। '

दो दिन बाद फिर उसका फोन। बोला, 'वह जो लवली अपने लवर से झगड़ा करके सहेली के घर चली जाती है, वह तुझे ठीक लगा या नहीं? '

मैं फिर घबराया, पूछा, 'यह कौन सा चैप्टर है गुरु? '

वह फिर व्यंग्य से हँसा, बोला, 'छठवाँ। मुझे पता था कि तू कछुए की रफ्तार से चल रहा है। बेकार ही तुझे किताब दी। '

मैंने फिर उसे भरोसा दिलाया, कहा, 'बस दौड़ लगा रहा हूँ, भैया। दो तीन दिन में पार हो जाऊँगा। '

अगले दिन फिर उसका फोन--- 'वो जो लवली अपने पुराने प्रेमी के पास पहुँच जाती है वह सही लगा? '

मैंने कातर स्वर में पूछा, 'यह कौन से चैप्टर की बात कर रहा है?

वह बोला, 'नवाँ। उसके बाद तीन चैप्टर और बाकी हैं। तू इसी तरह घसिटता रहेगा तो महीने भर में भी पूरा नहीं होगा। '

दो दिन बाद फिर उसका फोन आ गया। उसके कुछ बोलने से पहले ही मैंने कहा, 'मैंने तुम्हारी किताब पूरी पढ़ ली है, भैया,

लेकिन अभी तीन चार दिन उसकी बात मत करना। अभी तबियत ठीक नहीं है। दिमाग काम नहीं कर रहा है। तबियत ठीक होने पर मैं खुद बात करूँगा। '

वह चुप हो गया, लेकिन चार दिन बाद फिर उसका फोन आ गया, 'भैया, तुम्हीं पहले दोस्त हो जिसने हमारा उपन्यास पूरा पढ़ लिया। बाकी बदमाश किताब देने के बाद भी बहानेबाजी कर रहे हैं। आठ तारीख को उपन्यास का विमोचन रखा है। एमैले साहब के हाथों होगा। तुम तीन चार पेज की बढ़िया समीक्षा लिख डालो। ऐसी लिखना कि हमारी तबियत खुश हो जाए। मैं परसों फिर याद दिलाऊँगा। '

नये स्कूल की तालीम

दफ्तर में अचानक हंगामा मच गया। दफ्तर का रंगरूट क्लर्क सत्यप्रकाश, ठेकेदार समरथ सिंह को बाँह पकड़कर, करीब करीब घसीटते हुए, साहब के कैबिन में ले गया। आजू बाजू बैठे क्लर्कों के मुँह यह दृश्य देखकर खुले के खुले रह गये। बड़े बाबू का मुँह ऐसा खुला कि बड़ी मुश्किल से बन्द हुआ।

सत्यप्रकाश समरथ सिंह को साहब के सामने धकेलते हुए बोला, 'सर, ये मुझे रिश्वत दे रहे हैं। अभी पाँच सौ का नोट मेरी फाइल में खोंस दिया। मुझे बेईमान समझते हैं। हमारे माँ-बाप ने हमें भ्रष्टाचार करना नहीं सिखाया। '

समरथ सिंह परेशान था। जिस दफ्तर में उसके प्रवेश करते ही सबके मुँह पर मुस्कान फैल जाती हो और जहाँ कोई उससे ऊँचे स्वर में बात न करता हो, वहाँ ऐसी फजीहत उसके लिए कल्पनातीत थी। वह साहब से बोला, 'अरे सर, ये फालतू का हल्ला कर रहे हैं। पाँच सौ रुपये की कोई रिश्वत होती है क्या? ये हमारा पुराना दफ्तर है। ये नये आये हैं इसलिए हमने खुशी में सोचा मिठाई खाने के लिए छोटी सी भेंट दे दें। इसमें रिश्वत देने वाली बात कहाँ से आ गयी? '

सत्यप्रकाश बिफर कर ठेकेदार से बोला, 'क्यों! आप हमें मिठाई क्यों खिलायेंगे? आप हमारे रिश्तेदार लगते हैं क्या? '

साहब उसकी बात सुनकर बगलें झाँकने लगे। फिर उससे बोले, 'तुम अपनी सीट पर जाओ। मैं इनसे बात करता हूँ। '

पाँच मिनट बाद समरथ सिंह साहब के कैबिन से निकलकर, बिना दाहिने बायें देखे, निकल गया।

थोड़ी देर में साहब के कैबिन की कॉल-बैल बजी। बड़े बाबू का बुलावा हुआ। बड़े बाबू पहुँचे तो साहब के माथे पर बल थे। बोले, 'यह क्या तमाशा है, बड़े बाबू? पुराने आदमियों के साथ कैसा सलूक हो रहा है? '

बड़े बाबू दुखी स्वर में बोले, 'मेरी खुद समझ में नहीं आया, सर। लड़का अभी नया है, दफ्तर के 'वर्क कल्चर' को अभी समझ नहीं पाया है। टाइम लगेगा। '

साहब बोले, 'उसे समझाइए। इस तरह बिना बात के तमाशा खड़ा करेगा तो काम करना मुश्किल हो जाएगा। '

बड़े बाबू बोले, 'सर, मैं तो पहले से ही कह रहा हूँ कि नये आदमी को फाइलें सौंपने से पहले उसे दस पन्द्रह दिन तक सिर्फ दफ्तर के नियम-कायदे समझाना चाहिए। साथ ही देखना चाहिए कि समझाने का कितना असर होता है। जब दफ्तर के सिस्टम को समझ ले तभी फाइलें सौंपना चाहिए। आप परेशान न हों। मैं उसको समझाता हूँ। '

बड़े बाबू उठते उठते फिर बैठ गये। बोले, 'सर, मेरे दिमाग में यह भी आता है कि जैसे कुछ स्कूलों में भर्ती के समय बच्चे के माँ-बाप का इंटरव्यू लिया जाता है, उसी तरह नयी भर्ती को ज्वाइन कराते समय उसके बाप को बुलाना चाहिए। पता चल जाएगा कि बाप ने बेटे के दिमाग में ऐसा कूड़ा-करकट तो नहीं भर दिया है जिससे दफ्तर में काम करने में दिक्कत हो। बहुत से माँ- बाप लड़के को ऐसी बातें सिखा देते हैं कि वह हर छः महीने में सस्पेंड होता है या ट्रांसफर भोगता है। यह लड़का भी ऐसे ही माँ-बाप का सिखाया लगता है। फिर भी मैं उसे लाइन पर लाने की पूरी कोशिश करूँगा। '

अपनी सीट पर आकर बड़े बाबू ने सत्यप्रकाश को बुलाया, बगल में बैठाकर मुलायम स्वर में बोले, 'भैया, आज समरथ सिंह पर तुम्हारा गुस्सा देखकर मुझे अच्छा नहीं लगा। ऐसा है कि आदमी को अपनी जिन्दगी में कई स्कूलों में पढ़ना पड़ता है। पहला स्कूल आदमी की फेमिली होती है और दूसरा वह स्कूल या कॉलेज जहाँ वह पढ़ता है। काम की जगह या दफ्तर तीसरा स्कूल होता है जहाँ जिन्दगी बसर करने की तालीम मिलती है। दफ्तर में आकर कई बार फेमिली और स्कूल की पढ़ाई को भुलाना पड़ता है क्योंकि आजकल वह शिक्षा आगे की जिन्दगी में अड़चन पैदा करती है। इसलिए तुमको हमारी सयानों वाली सलाह है कि घर-स्कूल की तालीम को भुलाकर यहाँ के तौर- तरीके सीखो ताकि जिन्दगी सुखी और सुरक्षित रहे।

'दूसरी बात यह कि ये जो ठेकेदार हैं ये हमारे संकटमोचन हैं। आगे इन पर नाराज होने की गलती मत करना। अभी तो तुम इन पर बमकते हो, जिस दिन बहन या बेटी की शादी करनी होगी उस दिन ये ही काम आएँगे। बड़े बड़े संकटों से निकाल कर ले जाएँगे। इसलिए दुनियादार हो कर चलोगे तो तुम्हारे हाथ-पाँव बचे रहेंगे, वर्ना भारी कष्ट उठाओगे। हमारी बात पर ठंडे दिमाग से विचार करना, बाकी हम सिखाने के लिए हमेशा तैयार बैठे हैं। '

व्यंग्यकार की शोकसभा

शहर के जाने-माने व्यंग्यकार अनोखेलाल 'बेदिल' अचानक ही भगवान को प्यारे हो गये। दरअसल हुआ यह कि एक स्थानीय अखबार के पत्रकार ने उनके नये व्यंग्य-संग्रह 'गधे की दुलत्ती' की समीक्षा छापी थी, जिसमें संग्रह की रचनाओं को घटिया और बचकानी बताया गया था। समीक्षा छपने के दो घंटे बाद ही 'बेदिल' जी को दिल का दौरा पड़ा था और उन्हें अस्पताल में भर्ती करना पड़ा था। उनके दिल को लगा धक्का इतना ज़बरदस्त था कि दो दिन अस्पताल में रहने के बाद वे इस बेवफा दुनिया को अलविदा कह गये।

उनके निधन पर तत्काल दो तीन व्यंग्यकारों ने एक वक्तव्य देकर समीक्षा करने वाले पत्रकार की कठोर भर्त्सना की और शहर के साहित्य-जगत को हुई इस अपूरणीय क्षति के लिए उसे सीधे सीधे ज़िम्मेदार ठहराया। साथ ही अखबार के प्रबंधन से अपील की कि दोषी पत्रकार के खिलाफ कठोर कार्यवाही की जाए।

श्मशान में 'बेदिल' जी को विदाई देने के लिए 15-20 व्यंग्यकार इकट्ठे हुए। उन्हें उनके कंधों पर लटकते झोलों से पहचाना जा सकता था। सब वहाँ बनी सीमेंट की बेंचों पर बैठकर कार्यक्रम संपन्न होने का इंतज़ार करने लगे।

अचानक पता चला कि 'बेदिल' जी के दामाद वायु-मार्ग से आ रहे हैं और उन्हें वहाँ पहुँचने में कम से कम एक घंटा लग जाएगा। तब तक कार्यक्रम रुका रहेगा।

नगर के एक और सक्रिय व्यंग्यकार बेनी प्रसाद 'खंजर' के दिमाग़ में कुछ कौंधा और उन्होंने दो तीन साथियों से खुसुर-पुसुर की। उसके बाद उन्होंने सभी व्यंग्यकारों को सभा-भवन में इकट्ठा होने के लिए इशारा करना शुरू किया, कुछ उसी तरह जैसे शादियों में मेहमानों को भोजन- कक्ष में पहुँचने का इशारा किया जाता है।

सारे व्यंग्यकार सभा-भवन में इकट्ठे हो गए। 'खंजर' जी उनसे बोले, 'भाइयो, अभी कार्यक्रम में कम से कम एक घंटा लगेगा। सोचा, क्यों न 'बेदिल' जी के सम्मान में एक व्यंग्य-गोष्ठी करके इस समय का सदुपयोग कर लिया जाए। इसलिए आप लोगों से अनुरोध है एक एक व्यंग्य सभी पढ़ें। आपके मोबाइल में रचनाएँ तो होंगी ही।'

एक व्यंग्यकार बोले, 'हमने तो मोबाइल में नहीं डालीं।'

'खंजर' जी बोले, 'स्मरण-शक्ति से सुना दीजिए। थोड़ा बहुत हेरफेर होगा, और क्या?'

दो तीन व्यंग्यकार अपना झोला बजाकर बोले, 'हम तो हर जगह अपनी कॉपी लेकर चलते हैं। पता नहीं कहाँ पढ़ना पड़ जाए।'

व्यंग्य-गोष्ठी शुरू हो गयी। सभी पूरे जोश और तन्मयता से पढ़ते रहे। इस बीच दामाद साहब आ गये और उधर का कार्यक्रम शुरू हो गया।

थोड़ी देर में संदेश आया कि सब लोग चिता की परिक्रमा को पहुँचें। तत्काल तीन चार व्यंग्यकारों ने हाथ उठा दिया। कहा, 'हम तो रह गये। यह ठीक नहीं है। हमें भी पढ़ने का मौका मिलना चाहिए।'

'खंजर' जी ने उन्हें आश्वस्त किया, कहा, 'यहाँ अभी शोकसभा होगी। उसके बाद आप लोग यहीं रुके रहिएगा। कोई जाएगा नहीं। बचे हुए लोगों को भी अपनी रचना पढ़ने का मौका दिया जाएगा।'

शोकसभा के बाद सभी व्यंग्यकार वहीं रुके रहे। दूसरे लोगों के जाने के बाद गोष्ठी फिर शुरू हो गयी और बाकी व्यंग्यकारों को भी अपनी रचना पढ़ने का सुखद अवसर प्राप्त हुआ। उसके बाद सभी व्यंग्यकार 'बेदिल' जी के प्रति कृतज्ञता से भरे हुए अपने घर को रवाना हुए।

ढेर आयद, दुरूस्त...

सबेरे सबेरे शीतल भाई का फोन बजा। देखा तो कोई नंबर था। पूछा, 'हलो, कौन बोल रहा है? '

उधर कोई रो रहा था। शीतल भाई घबराये, पूछा, 'कौन हो भाई? क्या बात है? '

रोने के बीच में जवाब मिला, 'हम जबलपुर से प्रीतम लाल जी के बेटे बोल रहे हैं। पिताजी आज सबेरे शान्त हो गये। आपको बहुत याद करते थे। बताते थे कि आप उनके साथ पढ़े हैं। उनके मोबाइल में आपका नंबर मिला। '

शीतल भाई दुखी हुए। बेटे को सांत्वना दी। बोले, 'बहुत अफसोस हुआ। हम स्कूल में साथ पढ़े थे। महीने दो महीने में उनका फोन आ जाता था। भले आदमी थे। मैं जल्दी आकर आप लोगों से मिलूँगा। '

शीतल भाई इन्दौर के रहने वाले। हिसाबी-किताबी आदमी थे, पक्के व्यापारी। भावुकता में पड़कर कहाँ जबलपुर जाएँ? दो चार हजार खर्च हो जाएँगे। बात आयी गयी हो गयी।

पाँच छः माह बाद संयोग से शीतल भाई का जबलपुर जाने का मुहूर्त बन गया। एक पार्टी के पास पैसा फँसा था, उसे निकालना था। सोचा, अच्छा है, गंगा की गंगा, सिराजपुर की हाट हो जाए।

एक सबेरे जबलपुर में प्रीतम लाल जी के परिवार के लोगों को दुआरे पर किसी के ज़ोर ज़ोर से रोने की आवाज़ सुनायी पड़ी। परिवार के सदस्य घबरा गये। देखा तो एक आदमी हाथ में पकड़े फोटो पर नज़र जमाये ज़ोर-ज़ोर से विलाप कर रहा था। पूछने पर पता चला कि ये स्वर्गीय प्रीतम लाल जी के सहपाठी शीतल भाई थे जो, देर से ही सही, मित्र के लिए अपना दुख प्रकट करने आये थे।

शीतल बाबू सादर घर में ले जाए गये। नाश्ता हुआ। फिर वे अपने हाथ का ग्रुप फोटो दिखा दिखा कर अपने और अपने दोस्त के किस्से सुनाते रहे।

नाश्ता करने के बाद बोले, 'भैया, आप लोगों से मिल कर दिल को बड़ी शान्ति मिली। जब से प्रीतम के स्वर्गवास का सुना तभी से जी कलप रहा था। उनकी याद बराबर आती है। आप लोग मिले तो लगा प्रीतम मिल गये। अब आज आप लोगों के साथ ही रहूँगा। आपसे मिलने के लिए ही आया था। '

शीतल भाई मातमी मुद्रा में वहाँ बैठे रहे। दोपहर को वहीं भोजन किया, फिर वहीं चैन की नींद सो गये। शाम को उस पार्टी की खोज में निकल गये जिससे वसूली करनी थी। वहाँ से लौट कर रात को फिर दोस्त के बेटों के साथ बैठकर प्रीतम लाल जी के साथ अपनी यादों के पिटारे की तहें खोलने में लग गये। बेटे भी शिष्टावश उनकी भावुकतापूर्ण बातों में रुचि दिखाते रहे।

दूसरे दिन सबेरे शीतल भाई ने अपने दिवंगत मित्र के बेटों को छाती से लगाया, फिर मित्र की पत्नी के सामने तौलिए से आँखें पोंछीं। रुँधे स्वर से बोले, 'आज यहाँ आकर मन को कितनी शान्ति मिली, बता नहीं सकता। प्रीतम तो चौबीस घंटे यादों में बसे रहते हैं। कभी बिसरते नहीं। कभी मेरी जरूरत पड़े तो याद कीजिएगा। आधी रात को दौड़ा आऊँगा। '

दिवंगत दोस्त के प्रति मातमपुर्सी की औपचारिकता पूरी करके शीतल भाई, संतुष्ट, अपने शहर के लिए रवाना हो गये।

एक हैरतअंगेज़ हृदय-परिवर्तन

रज्जू भाई ग्रेजुएशन करके दो साल से घर में बैठे हैं। काम धंधा कुछ नहीं है। घरवालों के ताने-तिश्ने सुनते रहते हैं। चुनाव के टाइम पर वे किसी नेता के हाथ प्रचार के लिए 'बिक' जाते हैं तो कुछ कमाई हो जाती है। निठल्ले होने के कारण शादी-ब्याह की संभावना भी धूमिल है।

कुछ दिन से रज्जू भाई नंदन भाई के संस्कृति-रक्षक दल में शामिल हो गये हैं। उन्हीं के साथ शहर में संस्कृति के लिए खतरा पैदा करने वाले वास्तविक या काल्पनिक कारणों को तलाशते रहते हैं। सरवेंटीज़ के डॉन क्विक्ज़ोट की तरह कहीं भी लाठी भाँजते टूट पड़ते हैं। रज्जू भाई को इन कामों में मज़ा भी आता है। अपने महत्व और अपनी ताकत का एहसास होता है।

रज्जू भाई का दल 'वेलेंटाइन डे' के सख्त खिलाफ है। उनकी नज़र में यह दिन देश की संस्कृति के लिए घातक है। उस दिन रज्जू भाई का दल छोटी-छोटी टोलियों में पार्कों और दूसरी मनोरंजन की जगहों पर सबेरे से घूमने लगता है। जहाँ भी जोड़े दिखते हैं वहीं कार्रवाई शुरू हो जाती है। पूरी बेइज़्ज़ती और धक्का-मुक्की के बाद ही जोड़े को मुक्ति मिलती है। जोड़े की जेब में कुछ पैसा हुआ तो टोली के सदस्यों की आमदनी भी हो जाती है, जिसे वे अपना सेवा-शुल्क मानते हैं। रज्जू भाई जोड़ों के चेहरे पर छाये आतंक को देखकर गर्व महसूस करते हैं।

एक बार जब नंदन भाई एक जोड़े को समझा रहे थे कि प्यार व्यार शादी के बाद यानी पत्नी से ही होना चाहिए, शादी से पहले का प्यार अपवित्र और गलत होता है, तो लड़का उनसे बहस करने लगा। उसने नंदन भाई को ग़ालिब का शेर सुनाया कि इश्क पर ज़ोर नहीं, वह ऐसी आतिश है जो लगाये न लगे और बुझाये न बने। इस शेर के जवाब में लड़के की खासी मरम्मत हो गयी और उसे समझा

दिया गया कि आइन्दा वह ग़ालिब जैसे बरगलाने वाले शायरों को पढ़ना बन्द कर दे।

लेकिन हर 'वेलेंटाइन डे' के विरोध में बढ़ चढ़ कर हिस्सा लेने वाले रज्जू भाई इस 'वेलेंटाइन डे' पर आश्चर्यजनक रूप से ग़ायब हैं। नंदन भाई ने एक लड़का उनके घर भेजा तो वे महात्मा बुद्ध की तरह चादर लपेटे प्रकट हुए। संतों की वाणी में बोले, ये जोड़ों को पकड़ने और परेशान करने वाली नीति हमें अब घटिया लगती है। यह ठीक नहीं है। प्यार करना कोई गलत बात नहीं है। यह तो इस उमर में होता ही है। प्यार को रोकना प्रकृति के खिलाफ जाना है। '

लड़के ने लौटकर नंदन भाई तक रज्जू भाई के ऊँचे विचार पहुँचा दिये। नंदन भाई आश्चर्यचकित हुए। समझ में नहीं आया कि चेले का हृदय-परिवर्तन कैसे हो गया। तब रज्जू भाई के परम मित्र मनोहर ने रहस्योद्घाटन किया। बताया कि प्यार के घोर विरोधी रज्जू भाई दरअसल एक लड़की के प्यार में गिरफ्तार हो गये हैं। रोज सबेरे आठ बजे लड़कियों के हॉस्टल के सामने की चाय की दूकान पर पहुँच जाते हैं और दूकान की दीवार पर कुहनियाँ टेक कर दो-तीन घंटे तक मुँह उठाये, दीन-दुनिया से बेखबर, हॉस्टल के ऊपरी बरामदे की तरफ ताकते रहते हैं जहाँ उस लड़की की झलक पाने की संभावना रहती है। ग़रज़ यह कि इस प्यार नाम के ख़ब्त ने रज्जू भाई की अक्ल पर मोटा पर्दा डाल दिया है।

सुनकर पूरे समूह ने आह भरी कि रज्जू भाई जैसा उपयोगी और जाँबाज़ सदस्य अब उनके काम का नहीं रहा। नंदन भाई को लगा कि ज़रूर रज्जू भाई ग़ालिब जैसे किसी बहके हुए शायर के फेर में पड़ गये होंगे।

मर्ज़ लाइलाज

नगर के स्वघोषित महाकवि अच्छेलाल 'वीरान' की हालत निरन्तर चिन्ताजनक हो रही है। पहले वे रोज़ शाम को छड़ी फटकारते पास के पार्क तक घूमने निकल जाते थे। वहाँ तीन-चार साहित्यकार मित्र मिल जाते थे। उनके साथ घंटों गोष्ठी जमी रहती थी।

अब यह सिलसिला बन्द है। घर में ही पलंग पर लेटे सीलिंग की तरफ टुकुर-टुकुर निहारते रहते हैं। कभी धीरे-धीरे गेट पर आकर खड़े होते हैं, लेकिन किसी परिचित को देखते ही जल्दी से घर में बन्द हो जाते हैं। घर में कोई तबियत का हाल-चाल पूछे तो 'हूँ' 'हाँ' में टरका देते हैं। कोई ज़्यादा पूछे तो उसे खाने को दौड़ते हैं। लेटे लेटे कुछ बुदबुदाते रहते हैं। घरवालों ने कान देकर सुना तो पता चला ग़ालिब का शेर बोलते हैं--- 'कोई चारासाज़ होता, कोई ग़मगुसार होता।' भोजन में रुचि निरंतर कम होती जा रही है। भोजन देखकर मुँह फेर लेते हैं। घर वाले परेशान हैं।

महाकवि की चेला-मंडली विशाल है, लेकिन अभी उनकी हिम्मत गुरुजी का सामना करने की नहीं होती। शिष्यों के सामने आते ही महाकवि के मुख से 'नाकिस, नाकारा, नालायक' जैसे सुभाषित फूटते हैं। इसीलिए चेले गुरु जी के गेट पर तो मंडराते रहते हैं, लेकिन भीतर घुसने से कतराते हैं।

फ़ेमिली डॉक्टर को बुला कर महाकवि की जाँच पड़ताल करायी गयी है। डॉक्टर के पल्ले कुछ नहीं पड़ा। कह गये, 'शारीरिक रोग तो कोई समझ में नहीं आता। किसी दिमाग के डॉक्टर को दिखा लो।'

चेलों को गुरुजी का रोग पता है। मर्ज़ की जड़ यह है कि एक साल से महाकवि का कहीं सम्मान नहीं हुआ। नगर के दूसरे कवियों के कई सम्मान-अभिनन्दन हो गये, लेकिन महाकवि साल भर से सूखे हैं। न गले में माला पड़ी, न कंधे पर दुशाला। इसके पहले कोई साल सम्मान-विहीन नहीं गुज़रा। किसी चेले के सामने आते ही

महाकवि किसी सुखद समाचार की उम्मीद में उसके चेहरे की तरफ देखते हैं, लेकिन वहाँ बैठी मायूसी पढ़ कर बुदबुदाते हैं--- 'डूब मरो चुल्लू भर पानी में। '

अन्ततः गुरुपत्नी ने चेलों को अल्टीमेटम दे दिया कि अगर महाकवि को कुछ हो गया तो उन्हें गुरुहत्या का पाप लगेगा और उन्हें नरक में भी जगह नहीं मिलेगी।

घबराकर चेलों ने जुगाड़ जमाया। एक शाम गुरुजी को सूचित किया कि अगले सवेरे घर पर ही नगर की जानी-मानी संस्था 'साहित्य संहार' द्वारा उन्हें सम्मानित किया जाएगा। सुनकर महाकवि के चेहरे पर रक्त लौटा। चेलों को भरे गले से आशीर्वाद दिया। चेलों ने चन्दा करके सम्मान का खर्चा संस्था को सौंप दिया।

दूसरे सवेरे महाकवि जल्दी उठकर, कपड़े बदल कर, पलंग पर अधलेटे हो सम्मान टीम का इन्तज़ार करने लगे। थोड़ी देर में संस्था के अध्यक्ष और सचिव और चेलों का हुजूम आ गया। महाकवि के कंठ में माला, हाथ में श्रीफल और कंधों पर शॉल अर्पित की गयी। फिर सम्मान-पत्र पढ़ा गया। संस्था के अध्यक्ष हँस कर बोले, 'आपके सम्मान-पत्र के लिए हमारे सचिव ने तीन दिन तक शब्दकोश छान कर आला दर्जे के विशेषण निकाले।' महाकवि ने सचिव को धन्यवाद दिया।

आज बहुत दिनों के बाद सम्मान- दल के साथ महाकवि ने ठीक से जलपान किया। परिवार ने राहत की साँस ली।

महाकवि ने शरीर में नये बल के संचार का अनुभव किया। सम्मान-टीम विदा होने लगी तो उठकर गेट तक उन्हें छोड़ने आये। फिर लौटकर पत्नी से बोले, 'बहुत दिनों से टहलने नहीं गया। मित्रों से भी नहीं मिला। आज शाम को जाऊँगा। अब तबियत बिलकुल ठीक लग रही है। '

शिष्य-मंडली भी एक साल की मोहलत पाकर खुशी खुशी विदा हुई।

तालाब को गन्दा करने वाली मछली

शहर के साहित्यिक-जगत में आनन्द मंगल है। हर दूसरे चौथे विमोचन, सम्मान, अभिनन्दन, लोकार्पण, गोष्ठियाँ होती रहती हैं क्योंकि ज़्यादातर लेखकों की नज़र में यही लेखन की उपलब्धियाँ हैं, भले ही उनका लिखा कोई पढ़े या न पढ़े। गोष्ठी में प्रशंसा हो जाती है तो लेखक का मन एकाध हफ्ता हरा-भरा रहता है। लेखक- बिरादरी के लोग एक दूसरे की भरपूर तारीफ करना अपनी ड्यूटी समझते हैं क्योंकि आलोचना लेखक के कोमल मन को दुखी करती है, जो पाप से कम नहीं होता। कोई सिरफिरा रचना की ख़ामियाँ गिना दे तो ज़िन्दगी भर की दुश्मनी हो जाती है। इसलिए एक दूसरे की पीठ खुजाने का काम चलता रहता है।

इस सुकून और सुख भरे वातावरण में नगर के जाने-माने कवि अनोखेलाल 'उदासीन' काँटा बने हुए हैं। 'उदासीन' जी महाकवि निराला जैसे ही निराले हैं। नगर की साहित्यिक फ़िज़ाँ में वे खपते नहीं। साहित्यिक बिरादरी में वे सनकी माने जाते हैं। सम्मान-अभिनन्दन से दूर भागते हैं, प्रशंसा से बिदकते हैं, विमोचन-लोकार्पण को ढोंग और नौटंकी मानते हैं। गोष्ठियों में खरी खरी आलोचना कर देते हैं और लेखक को नाराज़ कर देते हैं। कहते हैं, 'साहित्यिक कार्यक्रम भटैती और ठकुरसुहाती के लिए नहीं होते। लेखक में आलोचना बर्दाश्त करने का माद्दा होना चाहिए। ' इसीलिए जिस सभा में वे पहुँच जाते हैं वहाँ उपस्थित लेखकों के मुँह का ज़ायका बिगड़ जाता है। दिल की धड़कन बढ़ जाती है। समझदार लेखक उन्हें अपने कार्यक्रम में आमंत्रित करना 'भूल' जाते हैं।

हर गोष्ठी में 'उदासीन' जी के खिलाफ शिकायतों का दफ्तर खुल ही जाता है। पिछली गोष्ठी में कवि गिरधारीलाल 'निर्मोही' बोले, 'बहुत बेकार आदमी है यह। मैं कुछ दिन पहले अपनी पन्द्रह-बीस कविताएँ दे आया था। सोचा था पढ़ कर तारीफ करेगा। तीन दिन बाद गया तो कविताएँ मेरी तरफ फेंक दीं। बोला, छठवीं क्लास के

बच्चे जैसी कविताएँ लिखते हो और कवि बनने चले हो। अब बताइए, मैं तीस साल से कविताएँ लिख रहा हूँ और किसी ने ऐसी बात नहीं कही। मेरी कविताओं पर तीन छात्र पीएचडी की डिग्री पा चुके हैं और यह आदमी मेरी कविताओं को रद्दी की टोकरी में डाल रहा है। '

एक और कवि मुकुन्दी लाल 'निराश' बोले, 'अरे भैया, एक संस्था इनके पास सम्मान का प्रस्ताव लेकर आयी तो पूछने लगे मेरा सम्मान क्यों करना चाहते हो, मेरी कौन सी कविताएँ पढ़ी है, उनमें क्या अच्छा लगा? बेचारे प्रस्ताव करने वाले भाग खड़े हुए। अब बताइए, सम्मान का कोई कारण होता है क्या? '

गोष्ठी में उपस्थित साहित्यकारों ने इस स्थिति को गंभीर और शहर के साहित्यिक वातावरण के लिए नुकसानदेह बताया। 'उदासीन' जी के आचरण से दुखी सभी साहित्यकारों ने नगर के सबसे सयाने कवि छैलबिहारी 'दद्दा' से अनुरोध किया कि चूँकि अब पानी सर से ऊपर चढ़ चुका है, अतः वे अपने सयानेपन का उपयोग करके 'उदासीन' जी को सुधारने की कोशिश करें। उन्हें ज़िम्मेदारी दी गयी कि वे 'उदासीन' जी का 'ब्रेनवाश' करने का प्रयत्न करें और उन्हें समझायें कि वे चन्दन-अभिनन्दन से छड़कने-बिदकने के बजाय उसे अंगीकार करने की आदत डालें। दूसरे शब्दों में, वे एक असामान्य साहित्यकार की बजाय एक 'नॉर्मल' साहित्यकार बन जाएं। यह सुझाव भी दिया गया कि नये लेखकों को 'उदासीन' जी की सोहबत से बचाया जाए क्योंकि एक मछली सारे तालाब को गन्दा कर देती है।

जगत गुरू की पाठशाला

भाई, इधर ध्यान दें। हम दुनिया के गुरु बोल रहे हैं। हम सदियों से दुनिया को सिखाते रहे हैं। हमने दुनिया को अध्यात्म सिखाया, संगीत सिखाया, नैतिकता सिखायी, योग यानी योगा सिखाया। हमारे गुरु शिष्यों को ज्ञान देने के लिए पूरी दुनिया में उड़ते फिरे। नयी पीढ़ियों को शायद मालूम न हो कि जिन गौतम बुद्ध को कई देशों में भगवान के रूप में पूजा जाता है उनका जन्म हमारे देश में हुआ था। यह अलग बात है कि हमारे ही देश में उनको जानने और पूजने वाले बहुत कम हैं।

दुनिया को सिखाने के लिए हमारे पास अभी भी बहुत कुछ है। हमने नये-नये कोर्स और नये सिलेबस तैयार किये हैं। एक कोर्स जिसमें हमने दक्षता हासिल कर ली है भ्रष्टाचार का है। भ्रष्टाचार में हमारा नाम अग्रणी देशों में है। भ्रष्टाचार की अनेक विधियाँ हमारे देश में विकसित हो चुकी है। जनता ने मान लिया है कि अफसर की मुट्ठी गर्म किये बिना वैतरणी पार करना संभव नहीं है, इसीलिए दफ्तरों में अफसर को ढूँढ़ने के बजाय दलाल को ढूँढ़ा जाता है। कभी 64 करोड़ के बोफोर्स घोटाले पर हल्ला मचा था। अब हमारा स्तर इतना उठ चुका है कि कोई घोटाला हजार करोड़ से कम का नहीं होता। हज़ारों करोड़ से बने पुल उद्घाटन से पहले बैठ जाते हैं और किसी के माथे पर शिकन नहीं आती। पता नहीं ताजमहल और लाल किले जैसी इमारतें चार पाँच सौ साल से कैसे खड़ी हैं। मेरा सुझाव है कि इन सभी इमारतों पर तत्काल बुलडोज़र चलवा देना चाहिए ताकि हमारे नेताओं और उच्च कुशलता-प्राप्त इंजीनियरों को शर्मिंदा न होना पड़े।

अब नीरव भाई, मेहुल भाई जैसे भले मानुस बैंकों का दस हज़ार करोड़ लेकर टहलते हुए विदेश चले जाते हैं और देश का आदमी यही हिसाब लगाता रह जाता है कि दस हज़ार करोड़ होते कितने हैं। पाँच दस करोड़ से ज़्यादा गिनने में दिमाग चक्कर खाने लगता है। इसलिए अब हमारा फर्ज़ बनता है कि अपने द्वारा अर्जित दक्षता का

लाभ दूसरे देशों को दें। हम फ़िनलैंड, डेनमार्क, न्यूज़ीलैंड जैसे भ्रष्टाचार में पिछड़े देशों को भ्रष्टाचार के लाभ और उसके तरीकों से परिचित करा सकते हैं।

विश्वगुरु होने का दावा करने वाले हमारे देश में किसी भी विभाग के लिए परीक्षा लेना टेढ़ी खीर बना हुआ है क्योंकि परीक्षा से पहले पेपर लीक हो जाता है और लाखों परीक्षार्थियों की उम्मीदें धूल-धूसरित हो जाती हैं। परेशान छात्र बार बार सड़कों पर आ जाते हैं और फिर पुलिस तबियत से उन पर डंडे चलाती है।

एक और विद्या जो हमने विकसित की है चुनी हुई सरकार गिराने की है। अब हमारे पास यह हुनर है कि अल्पसंख्या वाली पार्टी बहुसंख्यक पार्टी को पटखनी देखकर रातोंरात अपनी सरकार बना ले और जनता इस चमत्कार को मुँह बाये देखती रह जाए। अब नेपोलियन की तरह हमारी पार्टियों के लिए कुछ भी असंभव नहीं रहा। अब बहुसंख्यक पार्टियों को भी चैन से बैठना और काम करना नसीब नहीं होता। टाँग खींचने की क्रिया निरन्तर चलती रहती है।

हमने मिथ्याभाषण और पाखंड में महारत हासिल की है। हमारे यहाँ कोई पार्टी अपने चन्दे का स्रोत नहीं बताती। उसे सूचना के अधिकार से भी बाहर रखा गया है और इस पर सब पार्टियाँ सहमत हैं। आदमी अपनी आय छिपाये तो कानूनी कार्यवाही हो जायेगी, लेकिन पार्टियाँ इस चिन्ता से मुक्त हैं। जब सरकार गिराने का काम शुरू होता है तब पार्टियाँ, जनता को भगवान भरोसे छोड़कर, अपने सदस्यों को रेवड़ की तरह बसों में ढोकर कहीं दूर होटलों में बन्द कर देती हैं। पूछने पर बताया जाता है कि पिकनिक या हवा बदलने के लिए आये हैं। डर होता है कि सदस्य कहीं अपनी अंतरात्मा की आवाज़ पर न चलने लग जाएँ। इंग्लैंड के प्रधानमंत्री बोरिस जांसन को झूठ बोलने के कारण अपना पद छोड़ना पड़ा। यहाँ से कुछ टिप्स ले लेते तो शायद कुर्सी बचा ले जाते। यहाँ धर्मोपदेशक दूसरों को उपदेश देते देते बलात्कार या धोखाधड़ी के आरोप में जेल पहुँच जाते हैं।

एक और कला जिसमें हमने सिद्धि हासिल की है, धर्मों को लड़वाने की है। कहीं अमन हो, लोग बेवकूफी में शान्ति और भाईचारे से रह रहे हों तो हमारे विशेषज्ञ एक दिन में वहाँ की फ़िज़ाँ बदल सकते

हैं। जो कल तक एक दूसरे के गले लगते थे, आज एक दूसरे का ग़रेबाँ थामने लगेंगे।

हमने हज़ारों साल के चिन्तन के बाद अपने यहाँ जातियों का अद्भुत ढाँचा तैयार किया है जो दुनिया के लिए मिसाल है। ऐसा सिस्टम आपको दुनिया के किसी देश में नहीं मिलेगा। इसमें खासियत यह है कि आदमी के दुनिया में पाँव या सिर रखते ही उसके भाग्य का निर्णय हो जाता है। उसके बाद फिर वह अगले जन्म में ही कुछ राहत पाने की उम्मीद कर सकता है। यानी हमारे यहाँ जन्म लेने और लॉटरी खुलने में ज़्यादा फर्क नहीं होता।

हमारे साधुओं-सन्यासियों ने धर्म के साथ धंधे और राजनीति को मिलाने का नया प्रयोग किया है, जो दुनिया सीख सकती है। अब संत कुंभनदास का कथन 'संतन को कहाँ सीकरी सों काम' बेमानी हो गया। अब के सन्यासी को माया से परहेज़ नहीं रहा। तुलसीदास की उक्ति 'तपसी धनवंत, दरिद्र गृही' चरितार्थ हो रही है।

बाबा लोग अध्यात्म के साथ दिन भर महिलाओं की त्वचा को कोमल और कमनीय बनाने के नुस्खे बता रहे हैं। बाबाओं की सिफारिश पर लोग विधायक और मंत्री बन रहे हैं। दुनिया से विरक्त सन्यासी और सन्यासिनें गांधी जी को गाली दे रहे हैं और उनके फोटो पर गोली चलाकर मिठाई बाँट रहे हैं। अध्यात्म में ऐसे प्रयोग हमारे देश में ही संभव हैं। जो अज्ञानी देश गांधी को पूजते हैं और उनकी प्रतिमा स्थापित करते हैं वे यहाँ हमारे साधुओं-साध्वियों के चरणों में बैठकर इस संबंध में ज़रूरी ज्ञान प्राप्त कर सकते हैं। यही हाल रहा तो कुछ दिन में बुद्ध की तरह गांधी भी 'आन गाँव का सिद्ध' हो जाएंगे। यही हमारे देश के समझदार लोग चाहते भी हैं क्योंकि ऊँचे उसूलों वाले गांधी अब हमारे देश में अंट नहीं रहे हैं।

हमसे सीखने की आखिरी बात यह कि हम कोई काम प्रभु की अनुमति के बिना नहीं करते। सरकार गिराते हैं तो गिराने के बाद मन्दिर जाकर प्रभु को धन्यवाद देते हैं। दलबदलू दल बदल कर सीधे प्रभु के दरबार में माथा टेकता है। जितनी बार दल बदलता है उतनी बार भक्तिभाव से प्रभु के दरबार में हाज़िर होता है। जो दिन भर 'ऊपरी कमाई' की फिक्र में रहते हैं वे भी एक घंटा पूजा किये बिना

घर से नहीं निकलते, यानी 'ऊपरी कमाई' और 'ऊपरवाले' को एक साथ साधा जाता है।

लुब्बेलुबाब यह है कि हमारे पास दूसरे देशों को सिखाने के लिए बहुत कुछ है। आयें और अपनी झोली भर कर ले जाएँ। हमारे दरवाज़े सबके लिए खुले हैं। पहले आवे और पहले पावे के आधार पर इल्म का वितरण होगा। जहाँ तक इन पाठ्यक्रमों के शुल्क का सवाल है, वह ज्ञानार्थी के कान में बताया जाएगा, लेकिन उसे यह वचन देना होगा कि शुल्क संबंधी जानकारी पूर्णतया गोपनीय रखी जाएगी।

लेखक के पत्र, मित्र के नाम

पत्र क्र. 1

प्रिय बंधु,

मेरा पत्र पाकर आपको आश्चर्य होगा। याद दिला दूँ कि हम 2019 में लखनऊ के लेखक सम्मेलन में मिले थे। तब मैंने आपको अपनी सात किताबें भेंट की थीं। आपको जानकर खुशी होगी कि इस साल विविध विधाओं में मेरी 135 पुस्तकें लुगदी प्रकाशन संस्थान, दिल्ली से प्रकाशित हुई हैं। इन्हें देखकर आपको महसूस होगा कि मेरी प्रतिभा कैसे दिन दूनी, रात चौगुनी निखर रही है। कनाडा में निवासरत अंतर्राष्ट्रीय कवयित्री रेणुका देवी ने मेरी किताबों के आवरण पर ही तीन पेज का लेख लिखा है, जो मशहूर अंतर्राष्ट्रीय पत्रिका 'ग्लोबल बकवास' में प्रकाशित हुआ है। उन्होंने लिखा है कि कवर इतने सुन्दर हैं कि किताबों को खोलने की इच्छा ही नहीं होती। मैं अपनी 135 किताबें आपके पास भेजना चाहता हूँ ताकि आप और आपके मित्र उन्हें पढ़कर आनन्द प्राप्त करें। आपका उत्तर प्राप्त होते ही पुस्तकें रवाना कर दी जाएँगीं।

आपका
प्रीतम लाल 'निरंकुश'

उत्तर क्र. 1

भाई साहब,

आपका पत्र प्राप्त हुआ। 135 पुस्तकों के प्रकाशन पर मेरी बधाई लें। आपने ये पुस्तकें भेजने की बात लिखी है। मेरी दिक्कत यह है कि मैं उच्च रक्तचाप का मरीज़ हूँ और अचानक इतनी किताबों को सँभाल पाना मेरी कूवत से बाहर है। दूसरी बात यह कि मेरे पास लेखक-मित्रों से प्राप्त इतनी किताबें इकट्ठी हो चुकी हैं कि उन्हें रखने

मर्ज़ लाइलाज (कुन्दन सिंह परिहार) / 44

के लिए घर में जगह नहीं बची है। मेरी पत्नी अलमारी से बची किताबों को चार बोरों में भरकर स्टोर में रख चुकी है। मुझे डर है कि किसी दिन मेरी अनुपस्थिति में वे कबाड़ी को सौंप दी जाएँगी। इसलिए आप फिलहाल किताबें भेजने के अपने इरादे को स्थगित रखें। स्थितियाँ अनुकूल होने पर मैं स्वयं आपको सूचित करूँगा।

आपका
सज्जन लाल 'निरीह'

पत्र क्र. 2

बंधुवर,

आपका पत्र मिला। आपके स्वास्थ्य का हाल जानकर चिन्ता हुई, लेकिन मैं यह नहीं समझ पा रहा हूँ कि ब्लड-प्रेशर होने से किताबों को सँभालने में क्या दिक्कत हो सकती है। आप मेरे घर आएँगे तो देखकर ही आपका ब्लड-प्रेशर बढ़ जाएगा। सब तरफ मेरी किताबें अँटी पड़ी हैं। तिल धरने को जगह नहीं है। अतिथि आते हैं तो उन्हें किताबों के बंडल पर ही बैठाना पड़ता है। घर में बच्चे खिलौनों के बजाय किताबों से ही खेलते हैं। आपने किताबों के लिए स्थानाभाव की बात लिखी तो मेरा एक सुझाव है। मैं आपके पास एक अलमारी की कीमत भेज दूँगा। उस अलमारी में सिर्फ मेरी किताबें रखी जाएँ। उसमें किसी अन्य लेखक की घुसपैठ न हो। आपका उत्तर मिलते ही राशि भेज दूँगा।

आपका
प्रीतम लाल 'निरंकुश'

उत्तर क्र. 2

भाई साहब,

अलमारी के लिए पैसे भेजने के आपके प्रस्ताव के लिए आभारी हूँ, लेकिन समस्या वह नहीं है। समस्या यह है कि अलमारी रखने के लिए जगह नहीं बची है। अतः एक ही रास्ता है कि ऊपर एक हॉल बनवाकर किताबों की सारी अलमारियाँ वहाँ प्रतिष्ठित कर दी जाएँ। इसमें कम से कम डेढ़ दो लाख का व्यय आएगा। यदि आप इसमें पच्चीस तीस हज़ार का योगदान कर सकें तो आभारी हूँगा। फिर आप अपनी कितनी भी पुस्तकें भेज सकेंगे। अन्य लेखक-मित्रों से भी अनुरोध कर रहा हूँ। मैं वादा करता हूँ कि चार छः साल में व्यवस्था करके सबके पैसे लौटा दूँगा। आप विचार करके यथाशीघ्र सूचित करें।

आपका
सज्जन लाल 'निरीह'

पत्र क्र. 3

भाई साहब,

मुझे इल्म नहीं था कि आप मेरे साथ मसखरी करेंगे। मैं भला आपको पच्चीस तीस हजार रुपये क्यों देने लगा? उतने में मैं अपनी दो किताबें और छपवा लूँगा। मैं आपको अपनी 135 किताबें मुफ्त में दे रहा हूँ, और आप मज़ाक कर रहे हैं! सो इट इज़ योर लॉस, नॉट माइन। आपको मेरी किताबों की कद्र नहीं है तो हज़ारों और कद्रदाँ हैं। अब ये किताबें किसी और भाग्यशाली को मिलेंगीं।

नमस्कार।

भवदीय
'निरंकुश'

वैज्ञानिक सोच का हश्र

नन्दलाल को हम 'लाइव वायर' कहते हैं। हमेशा उत्तेजना की स्थिति में रहता है। अपने विश्वासों और निष्कर्षों के खिलाफ कोई बात सुनना उसे मंजूर नहीं। कहीं भी सड़क के किनारे उसे किसी के साथ बहस में उलझा देखा जा सकता है। घर के लोगों का कहना है कि पता नहीं चलता कि वह कब सोता है और कब बिस्तर छोड़ देता है।

दरअसल नन्दलाल स्कूल में मजूमदार सर का चेला रहा है। मजूमदार सर विज्ञान के शिक्षक थे। क्लास में जितना किताबी ज्ञान देते थे उतना ही अंधविश्वासों और ढकोसलों की बखिया उधेड़ते थे। जादूगरों और ओझाओं-गुनियों की ट्रिक्स की क्लास में पोल खोलते रहते थे। बर्तन से लगातार भभूत या पानी गिराना, मुँह से कई गोले निकालना, खरगोश या कबूतर प्रकट करना, आदमी को डिब्बे में बंद कर डिब्बे को बीच से काट देना--- सब की असलियत मजूमदार सर क्लास में बताते थे और छात्रों को अंधविश्वासों से बचने की नसीहत देते थे। ग़रज़ यह कि मजूमदार सर पक्के विज्ञान के मार्गदर्शक थे।

नन्दलाल के सिर पर उन्हीं का जादू चढ़ गया था। अब वह जहाँ भी अंधविश्वास या ढकोसला देखता, उसकी पोल-पट्टी खोलने में लग जाता। कई बाबाओं की भूमि में समाधि लेने की योजना में उसके कारण पलीता लग गया। कई बाबाओं की महिलाओं को पुत्रवती बनाने की योजना उसके कारण विफल हो गयी। बड़े आयोजनों में भी वह प्रवचनकर्ताओं से सवाल- जवाब करने लगता और कई बार भक्तों के सामने गुरूजी का पानी उतर जाता। कोई और उपाय न होने पर ऐसे गुरुओं ने नन्दलाल पर 'नास्तिक' का ठप्पा लगा दिया था। सड़क पर मजमा लगाने वाले जादूगर नन्दलाल को पहचानने और उसके मुहल्ले से बचने लगे थे।

नन्दलाल को ताज़ी सूचना पास के गाँव में एक हँसिया वाले बाबा की मिली थी जो हँसिया से ऑपरेशन करके लोगों के रोग ठीक करते थे। सूचना मिलते ही नन्दलाल का चैन हराम हो गया।

दूसरे दिन वह अपने जैसे दो दोस्तों के साथ बाबाजी के अड्डे पर पहुँच गया। बाबाजी एक पुराने मन्दिर में विराजे थे। चार पाँच चेले श्वेत वस्त्रों में उनके आसपास तैनात थे। मन्दिर के सामने करीब आधा किलोमीटर लंबी लाइन लगी थी जिसमें कई संभ्रांत, पढ़े-लिखे लगने वाले लोग भी दिखते थे। मन्दिर के सामने एक बड़ा सा पात्र रखा था जिस पर 'दान-पात्र' लिखा था।

नन्दलाल ने मन्दिर के सामने पहुँच कर देखा, अन्दर बाबाजी हाथ में हँसिया थामे एक लेटे हुए आदमी के पेट पर कुछ क्रिया कर रहे थे। उन्होंने हँसिये की नोक उसके पेट पर थोड़ी देर तक टिकायी और फिर लाल रंग से भीगे रुई के टुकड़े को हाथ उठाकर भीड़ को दिखाया। भीड़ ने प्रसन्न होकर जयजयकार की। उसके बाद बाबाजी ने मरीज़ के पेट के ऊपर अपनी हथेली घुमायी, और फिर उसे उठने का इशारा किया। मरीज़ उठकर बाबाजी को प्रणाम कर मन्दिर में ही कहीं अंतर्ध्यान हो गया।

आदतन नन्दलाल की बेचैनी बढ़ने लगी। मन्दिर में घुसकर वह बाबाजी के पास पहुँचने की कोशिश करने लगा। चेलों ने उसे ढकेला, बोले, 'नीचे चलो। यहाँ कहाँ चढ़े आते हो? '

नन्दलाल बोला, 'मुझे ऊपर आने दो। बाबाजी का ऑपरेशन देखना है। '

चेले बोले, 'ऑपरेशन कोई नहीं देख सकता। जब तुम्हारी बारी आये तब आना। नीचे लाइन में लगो। '

नन्दलाल भीड़ की तरफ मुँह करके सीढ़ियों पर खड़ा होकर ऊँचे स्वर में बोलने लगा, 'भाइयो, यह सब प्रपंच है। हँसिया से कोई ऑपरेशन नहीं हो सकता। घाव हो जाएगा तो सेप्टिक या टेटनस हो जाएगा। जान खतरे में पड़ जाएगी। घर जाकर डॉक्टर को दिखाइए। '

बाबाजी ने हाथ रोक कर रहस्यपूर्ण नज़रों से चेलों की तरफ देखा। चेले इशारा समझ गये। चिल्लाये, 'अरे यह कोई नास्तिक, अधर्मी आ गया है। बाबाजी के इलाज पर शक करता है। मारो इसे। '

वे लाठी उठाकर नन्दलाल की तरफ लपके। लाइन में से भी 'भगाओ, हटाओ इसे' की आवाज़ें आयीं।

एक चेला चिल्लाया, 'अरे यह पुराना पापी है। जब गणेश जी ने दूध पिया था तब इसी ने कई मन्दिरों में जाकर बिलोरन की थी। आज इसे नहीं छोड़ना है। '

चेलों को अपनी तरफ लपकते देख नन्दलाल जान बचाकर भागे। नन्दलाल के साथी भी दौड़ लगाकर अपनी मोटरसाइकिलों तक पहुँचे। मदद की उम्मीद में इधर-उधर देखा तो दो पुलिसवाले दूर पेड़ के नीचे आराम करते दिखे।

नन्दलाल और उसके साथियों के मोटरसाइकिल स्टार्ट करते-करते बाबा जी के चेले लाठियाँ लहराते उन तक आ पहुँचे। चलते-चलते भी तीनों की पीठ पर दो-तीन लाठियाँ पड़ गयीं। पीछे से चेले चिल्लाये, 'अब लौट कर मत आना बच्चू, नहीं तो अपने पाँवों पर चल कर नहीं जा पाओगे। '

शाम को मुहल्ले के थाने से नन्दलाल का बुलावा आ गया। दरोगा जी उसे जानते थे। कोमल स्वर में बोले, 'मेरे पास शिकायत आयी है कि तुम हँसिया वाले बाबा के कार्यक्रम में बखेड़ा करने पहुँच गये थे। हम जानते हैं कि तुम्हारा सोच सही है, लेकिन ज़माने का वातावरण देख कर चलो। बड़े-बड़े लोग इन बाबाओं के पीछे बैठे हैं। ज्यादा समाज सुधार के चक्कर में रहोगे तो किसी दिन जेल में ठूँस दिए जाओगे। फिर ज़मानत भी नहीं मिलेगी। ज़िन्दगी खराब हो जाएगी। इसलिए थोड़ा सोच-समझ कर काम करो। '

नन्दलाल दरोगा जी को धन्यवाद देकर उठ आया। उनकी बात में नया कुछ नहीं था। अपने हाथ-पाँव बचाकर समझदारी से रहने की सलाह देने वाले ख़ैरख़्वाह उसे रोज़ मिलते हैं, लेकिन उसके सोच का समर्थन करने वाले और उसके बगल में खड़े होने वाले विरले ही हैं।

पाँव छुआने वाले सर

सक्सेना सर शहर के नामी स्कूल से रिटायर हुए। उनके स्कूल का प्रताप ऐसा कि शहर के अलावा आसपास के कस्बों के लड़के प्रवेश के लिए पहले वहीं लाइन लगाते रहे। इसीलिए सक्सेना सर के चेलों की संख्या हज़ारों में है। हर दफ्तर में उनके दो चार चेले मिल जाते हैं। सक्सेना सर कभी बाज़ार जाते हैं तो न जाने कहाँ से प्रकट होकर दस बीस सिर उनके चरणों में झुक जाते हैं। कभी रेलवे स्टेशन जाते हैं तो वहाँ भी भीड़ से टूटकर पाँच दस सिर उनके चरणों को टटोलने लगते हैं। उनके नाती-पोते कहते हैं, 'दादा जी, आपको तो चुनाव में खड़े होना चाहिए। आपको बिना माँगे हज़ारों वोट मिल जाएँगी। ' सुनकर सक्सेना सर का चेहरा गर्व से दीप्त हो जाता है।

उनकी कॉलोनी में भी उनका बड़ा मान- सम्मान है। कॉलोनी के युवक-युवतियाँ उनके सामने आते हैं तो आँखें झुका लेते हैं। किसी नेता को कॉलोनी में आमंत्रित किया जाता है तो सक्सेना सर को उनके बगल में बैठाया जाता है। अक्सर नेताजी भी सक्सेना सर के शिष्य निकलते हैं।

सक्सेना सर की लोकप्रियता देखते हुए कॉलोनी वासियों ने उन्हें कॉलोनी की कल्याण- समिति का अध्यक्ष बना दिया है। काम-धाम तो दूसरे करते हैं, उन्हें इसलिए चुना गया है ताकि कॉलोनी अधिकारियों के अनावश्यक हस्तक्षेप और खींचतान से बची रहे। कॉलोनी वासियों के लिए वे तुरुप का पत्ता हैं जो उस वक्त काम आता है जब दूसरे उपाय फेल हो जाते हैं।

कॉलोनी वालों के कुछ ज़रूरी काम नगर-विकास के दफ्तर में अटके हैं। कॉलोनी के सभी प्लॉट लीज़ पर हैं। उन्हें फ्रीहोल्ड कराने की मंज़ूरी ऊपर से आ चुकी है। अब दफ्तरी कार्यवाही बाकी है, जिसके लिए कॉलोनी वासी दफ्तर के चक्कर लगा रहे हैं। किसी न किसी बहाने मामला टाला जा रहा है और कॉलोनी वासी परेशान हैं।

लाचार कॉलोनी वालों ने सक्सेना सर का दामन थामा। उन से निवेदन किया गया कि संबंधित दफ्तर चलकर प्रमुख अधिकारी को दर्शन दें और कॉलोनी वालों की समस्या उनके सामने रखें। सक्सेना सर मान गये और एक दिन सक्सेना सर को दूल्हे की तरह आगे करके दस बारह लोगों की बरात दफ्तर पहुँच गयी।

सक्सेना सर दफ्तर के बरामदे में पहुँचे तो वहाँ उन्हें देखकर लोगों के कदम ठमकने लगे। गर्दनें उनकी तरफ मुड़ने लगीं। थोड़ी ही देर में उनके भूतपूर्व शिष्य अपने-अपने कमरों से निकलकर आने लगे। थोड़ी देर में उनके चरन, स्पर्श के लिए झुके हुए नरमुंडों में छिप गये। सक्सेना सर गर्व से अपने साथ आये लोगों की तरफ देखते रहे।

दफ्तर के प्रमुख अधिकारी भी दौड़ते हुए आ गये। बोले, 'कैसे पधारे सर? फोन कर दिया होता। आपको कष्ट करने की क्या ज़रूरत थी? '

सक्सेना सर ससम्मान चेंबर में ले जाए गये, जहाँ पूरी मंडली के सामने चाय पेश की गयी। मंडली सक्सेना सर को मिल रहे सम्मान से गद्गद थी।

लोगों ने अपनी समस्या प्रमुख अधिकारी जी के सामने रखी। अधिकारी ने संबंधित लिपिक झुन्नी बाबू को बुलाकर कैफियत ली, फिर सर से बोले, 'मैं दो-तीन दिन में फोन से खबर दूँगा। आप चिन्ता न करें। हमारे रहते आपको चिन्ता करने की ज़रूरत नहीं है। '

सर खुश खुश लौट आये। उनकी मंडली के पाँव ज़मीन पर नहीं थे। सक्सेना सर का जलवा ही अलग है! काम हुआ ही समझो।

दो-तीन दिन की जगह हफ्ते से ऊपर हो गया, लेकिन दफ्तर से कोई फोन नहीं आया। लोग बेचैन होने लगे। एक बार फिर सक्सेना सर से अनुरोध किया गया। एक बार फिर सक्सेना सर बरात लेकर दफ्तर पहुँचे। एक बार फिर दफ्तर के शिष्य उनके चरणों में झुके, लेकिन इस बार प्रमुख अधिकारी जी बाहर नहीं निकले।

सक्सेना सर उनके चेंबर में घुसे तो वे रूमाल से मुँह पोंछने लगे। झुन्नी बाबू को तलब किया गया। वे आये और मिनमिनाते हुए साहब को कोई दिक्कत बताते रहे, जो मंडली की समझ में नहीं आयी। साहब सक्सेना सर से मुखातिब हुए, बोले, 'आप फिकर न

करें। मैं दो-तीन दिन में पक्का देख लूँगा। अभी कुछ बिज़ी हो गया था। मैं फोन करूँगा। आप निश्चिंत रहें। '

बरात फिर लौट आयी। फिर आठ दस दिन गुज़र गये, लेकिन उस तरफ सन्नाटा ही रहा। कोई फोन नहीं आया। कॉलोनी वाले फिर छटपटाने लगे। एक दो लोग कहीं से झुन्नी बाबू का फोन नंबर ले आये। डरते डरते फोन लगाया। झिझकते हुए पूछा, 'झुन्नी बाबू, हम लोग सक्सेना सर के साथ आये थे। हमारे लीज़ वाले मामले का क्या हुआ? '

उस तरफ से थोड़ी देर सन्नाटा रहा। फिर झुन्नी बाबू बोले, 'भैया, काम कराना हो तो सही रास्ते से चलो। सक्सेना सर के साथ आओगे तो उनके सामने मन की बात कैसे होगी? सब लोग पाँव ही छूते रहेंगे, आगे कुछ नहीं होगा। इसलिए जिसका काम है वह आकर बात करे। काम कराना हो तो अब सक्सेना सर को लेकर मत आना। '

तब से कॉलोनी के लोग सक्सेना सर से कत्री काटते फिर रहे हैं। वे सामने आते दिखते हैं तो लोग दाहिने बायें से निकल जाते हैं। वे तीसरी बार भी उस दफ्तर में जाने को तैयार हैं, लेकिन उन्हें ले जाने वाले ग़ायब हैं। सुना है कि लोग मन की बात करने के लिए अलग-अलग झुन्नी बाबू के पास पहुँचने लगे हैं।

बुलडोज़र-क्रान्ति

अरसे से शिकायत सुनते आये कि हमारे देश में न्याय व्यवस्था कच्छप गति से चलती है, कि न्याय के नाम पर तारीख पर तारीख मिलती है, कि दादा के लगाये मुकदमे का फैसला पोता ही सुन पाता है। न्यायालयों में 'पेंडिंग' लाखों मुकदमों की संख्या गाहे-बगाहे गिनायी जाती है।

लेकिन अब लगता है कि हमारे पुराने दर्द की दवा मिल गयी है। कुछ वैसा ही महसूस हो रहा है जैसा कभी जनता को पेनिसिलिन की खोज के समय हुआ होगा। अब न्याय की गाड़ी बुलेट ट्रेन की रफ्तार से चलेगी। ठीक भी है, जब देश में विकास छलाँगें ले रहा हो तो न्याय-व्यवस्था क्यों पीछे रहे? उसे भी वायु-वेग से दौड़ाने का नुस्खा प्राप्त हो गया है। इसीलिए एक के बाद एक कई राज्य-सरकारें इस तुरन्त फल देने वाली व्यवस्था को अपना रही हैं।

देश की न्याय व्यवस्था को रफ्तार देने वाले उपकरण का नाम बुलडोज़र है। अब बुलडोज़र देश के भारी-भरकम न्याय-तंत्र की जगह पर बैठेगा। मज़े की बात यह है कि बुलडोज़र हमारे समाज में कोई नयी चीज़ नहीं है। वह पचासों साल से मिट्टी या मकानों को खोदने या तोड़ने के छोटे-मोटे काम करता रहा है, लेकिन उसकी असली उपयोगिता हाल ही में ज़ाहिर हुई है। यानी 'कँखरी लड़का, गाँव गुहार' वाली बात हो गयी। न्याय-व्यवस्था का शर्तिया उपचार हमारे सामने था और हम उसे सुधारने के लिए सालों से मगजपच्ची करते रहे।

हम यह देखकर चमत्कृत हैं कि बुलडोज़र न्याय के मामले में सालों का काम कुछ घंटों में निपटाता है। आरोपी कहीं नारा लगाता है या पत्थर फेंकता है और उसकी गिरफ्तारी के साथ बुलडोज़र उसके घर को ध्वस्त करने दौड़ पड़ता है। आरोपी को पहचानने, उसकी सफाई सुनने, उसकी सज़ा का निर्धारण--- सब काम कुछ देर में एक ही कमरे में फटाफट हो जाता है, और फिर सज़ा मिलने में उतनी ही

देर लगती है जितनी बुलडोज़र को गंतव्य तक पहुँचने में लगती है। इस तरह के न्याय को 'कंगारू जस्टिस' भी कहा जाता है क्योंकि इसमें न्याय सामान्य गति से चलने के बजाय कंगारू की तरह छलाँगें भरता है। मुग़लों, अंग्रेज़ों और रियासतों के ज़माने में ऐसी ही व्यवस्था लागू थी।

बुलडोज़र से टूटने वाले घर में आरोपी के अलावा और सदस्य भी रहते होंगे जिनमें बूढ़ों से लेकर महिलाएँ और बच्चे तक हो सकते हैं, लेकिन बुलडोज़र न्याय देने में कोई रू-रियायत नहीं बरतता। कुछ घंटों में सबके सर से छत ग़ायब हो जाती है और असीम, तारों-जड़ा आकाश नुमायाँ हो जाता है। ठंड या बारिश का मौसम हुआ तो स्थिति और भी दारुण हो सकती है। कोई एतराज़ करे तो मकान को अतिक्रमण बता दिया जाता है और एक-दो दिन पहले ज़ारी हुआ नोटिस भी प्रस्तुत कर दिया जाता है। दिलचस्प बात यह है कि अधिकारियों को अतिक्रमण का पता अचानक तभी चलता है जब आरोपी पर उपद्रव का आरोप लगता है। बुलडोज़र की इस धमाचौकड़ी को देखकर मेरा दोस्त मन्नू बहुत भयभीत है। कहीं भी बुलडोज़र देखकर वह आँख मूँदकर उसे प्रणाम करता है, कहता है, 'ये हमारे नये देवता हैं। इन्हें खुश रखना ज़रूरी है। जिस दिन ये नाराज़ हो जाएँगी उस दिन दिन में तारे दिख जाएँगे।'

ग़ौरतलब है कि उत्तर प्रदेश में एक व्यापारी के घर पर बुलडोज़र इसलिए चल गया क्योंकि अधिकारी महोदय ने व्यापारी से कुछ सामान ख़रीदा था और व्यापारी भुगतान माँग रहा था।

घर टूटने के बाद आरोपी के लिए अपनी फरियाद लेकर अदालत जाने का रास्ता खुला रहता है, लेकिन इसका मतलब अदालत और वकीलों पर कई हज़ार का खर्च और कई साल तक अदालतों के चक्कर लगाना होता है। यानी घर टूटने से टूटा व्यक्ति न्याय की चक्की में फँस कर और टूट जाता है।

देश में बहुत से लोग इस नयी न्याय-व्यवस्था से बहुत खुश हैं क्योंकि बुलडोज़र 'उन' पर चल रहा है, हम पर नहीं। जिस दिन हम पर चलने की नौबत आएगी उस दिन देखेंगे।

परसाई जी की रचना 'इंस्पेक्टर मातादीन चाँद पर' में मातादीन कहते हैं, 'पुलिस को यह अधिकार होना चाहिए कि अपराधी को पकड़ा और वहीं सज़ा दे दी। अदालत में जाने का झंझट नहीं।' वे हनुमान जी का हवाला देते हैं जिन्होंने रावण को तत्काल सज़ा दे दी थी, उसकी 'प्रापर्टी' में आग लगा दी थी।

इसमें शक नहीं कि नयी व्यवस्था के पूरी तरह लागू होने से अरबों रुपयों की बचत होगी। सारी अदालतें गायब हो जाएँगीं और वकीलों को काला कोट उतारकर कोई दूसरा कोट पहनना पड़ेगा। अदालतों में कार्यरत लाखों कर्मचारियों की छुट्टी हो जाएगी। ग़रज़ यह कि नयी व्यवस्था हमारे हुक्मरानों के लिए 'कम कीमत, बालानशीं' साबित होने वाली है। पहले कंप्यूटर और मोबाइल ने बहुतों की नौकरियाँ और धंधे खाये, अब वही काम बुलडोज़र करेगा।

एक पढ़ी-लिखी महिला ने हाल में फेसबुक पर लिखा कि अपनी प्रेमिका के 35 टुकड़े करने वाले आरोपी पर मुकदमा चलाने की बजाय उसका तत्काल एनकाउंटर कर दिया जाना चाहिए। यह नयी न्याय-व्यवस्था का एक और आयाम हो सकता है। वैसे भी हमारे देश में कई एनकाउंटर हो चुके हैं और कई पुलिस-अधिकारी 'एनकाउंटर स्पेशलिस्ट' के रूप में विख्यात हो चुके हैं। बुलडोज़र के साथ एनकाउंटर का सहयोग 'मणि-कांचन योग' हो सकता है। कुछ साल पहले हैदराबाद की एक महिला डॉक्टर की हत्या के आरोपियों को पुलिस ने तत्काल एनकाउंटर में निपटा दिया था। तब जनता ने संबंधित अधिकारियों-सिपाहियों पर खूब प्यार बरसाया था। बाद में पता चला कि संबंधित सभी पुलिसवाले हत्या के जुर्म में नप गये।

हम विश्वगुरु हैं, दुनिया को ज्ञान देते हैं। इसलिए ज़रूरी है कि बुलडोज़र के उपयोग का नया आयाम जो हमने खोजा है, उसकी जानकारी अन्य देशों को दें ताकि वे भी अपने यहाँ यह चमत्कारी, तुरत फल देने वाली न्याय-प्रणाली लागू कर सकें।

ताज़ा खबर यह है कि उत्तर प्रदेश के हमीरपुर में एक ससुर साहब ने दामाद को दहेज में कार की जगह बुलडोज़र दिया है ताकि आमदनी का पुख्ता ज़रिया बन सके। शायद उन्हें भरोसा होगा कि

कोई और नहीं तो प्रशासन तो उनके बुलडोज़र को किराये पर ले ही लेगा।

स्वर्ग में कुपात्र

उस रात मल्लू मेरे सपने में आ गया। मैंने उसे देखकर पूछा, 'कैसा है भैया? नरक में मज़े में तो है?

मेरा सवाल सुनकर वह तरह तरह के मुँह बनाने लगा। लगा, अभी रो देगा। थोड़ा सँभल कर बोला, 'भैया, मैं तो बुरा फँस गया। मेरे साथ धोखा हो गया। मुझे पक्का भरोसा था कि मुझे मौत के बाद नरक में जगह मिलेगी, वहाँ अपने जैसे लोगों के साथ अच्छी कटेगी, लेकिन यहाँ आने पर पता चला कि मुझे स्वर्ग भेज दिया गया। अब मैं बहुत परेशान हूँ। '

मल्लू दो महीने पहले सड़क पर एक्सीडेंट में चोट खाकर दुनिया से रवाना हुआ था। उसकी फितरत को देखकर हम समझ गए थे कि वह सड़क पर अपने आसपास चलती महिलाओं को घूरने के चक्कर में किसी गाड़ी से टकराया होगा। हम जब तक अस्पताल पहुँचे तब तक वह रुखसत हो चुका था। हमने ज़िन्दगी भर उसे नरक का 'मटीरियल' ही समझा था। इसीलिए अभी उसके स्वर्ग पहुँचने की जानकारी पाकर ताज्जुब हुआ।

उसकी बात सुनकर मैंने कहा, 'यह तो अच्छा ही हुआ कि सारे दुर्गुणों के बावजूद तू स्वर्ग में प्रवेश पा गया। इसमें दुखी होने की क्या बात है? तुझे तो खुश होना चाहिए। '

वह बोला, 'नहीं भैया, ये स्वर्ग अपने को जमता नहीं। यहाँ कोई अपने जैसा आदमी नहीं, जिससे मन की बात हो सके। सब तरफ साधु- सन्त टाइप लोग, पेड़ों के नीचे आँखें मूँदे बैठे, माला जपते रहते हैं। कुछ देवता-टाइप लोग, मुकुट पहने, रथों पर दौड़ते फिरते हैं। कहीं पढ़ा था कि यहाँ अप्सराओं के दर्शन होंगे, लेकिन यहाँ तो सैकड़ों साल की वृद्धाओं के ही दर्शन होते हैं, जिन्हें देखते ही चरण छूने की इच्छा होती है। यह भी पढ़ा था कि यहाँ दूध, शहद और सोमरस की नहरें बहती हैं, लेकिन अभी तक कुछ दिखायी नहीं पड़ा। दूध और शहद से तो हमें कुछ लेना- देना नहीं, सोमरस की नहर मिल

जाती तो उसी के किनारे पड़े रहते। वक्त अच्छा कट जाता। अभी तो कष्ट ही कष्ट है। '

मैंने कहा, 'वहाँ कुछ बखेड़ा कर ले तो शायद नरक का नंबर लग जाए। '

वह लंबी साँस लेकर बोला, 'कोई फायदा नहीं है। मैंने यहाँ एक दो लोगों से बात की तो बताया गया कि मुझे पुण्य क्षय होने तक यहीं रहना पड़ेगा। अब मैंने कोई पुण्य किया ही नहीं है तो क्षय क्या होगा? '

दो दिन बाद वह फिर मेरे सपने में प्रकट हो गया। बोला, 'भैया, मुझे पता चल गया है कि मुझे स्वर्ग क्यों भेजा गया। दरअसल मैं एक्सीडेंट के बाद बड़ी देर तक 'मरा मरा' चिल्लाता रहा। उसी में स्वर्ग-नरक के प्रबंधकों को कुछ 'कनफ्यूज़न' हो गया और मुझे राम-भक्त समझकर स्वर्ग भेज दिया गया। मुझे लगता है कि जैसे धरती पर हमारे देश में बड़े बॉस का नाम जपते जपते लोग परम पद प्राप्त कर लेते हैं, वैसे ही यहाँ भी बॉस का नाम सुनते ही स्वर्ग का टिकट पक्का हो जाता है, भले ही उसमें गलतफहमी हो। मैंने कभी अजामिल की कथा पढ़ी थी जो सिर्फ इसलिए स्वर्ग का अधिकारी हो गया था कि वह अपने बेटे को बुलाता रहता था। बेटे का नाम नारायण था। कुछ वैसा ही मेरे साथ हुआ। अब जो हुआ सो हुआ। पुण्य क्षय होने तक इंतज़ार करने के सिवा कोई रास्ता नहीं है। '

एक अभिनव पुरस्कार-योजना

नगर की नामी साहित्यिक संस्था 'साहित्य संहार' ने एक सनसनीखेज़ विज्ञप्ति ज़ारी की है जिससे नगर ही नहीं, पूरे देश के साहित्यकारों के बीच हड़कंप मचा है। संस्था एक अभिनव पुरस्कार योजना लेकर आयी है, जिसमें सबसे बड़ा सम्मान 'साहित्य सूरमा' का होगा।

संस्था ने अपनी विज्ञप्ति में लिखा कि हिन्दी साहित्य में अब तक पुरस्कारों और सम्मानों के मामले में नासमझी और नाइंसाफी होती रही है। इसमें लेखक के वाक्चातुर्य को तवज्जो दी गयी और उसकी मेहनत को नकारा गया। ऐसा हुआ कि एक दो रचना लिखने वाला मशहूर हो गया और सौ दो-सौ लिखने वाले का कोई नामलेवा नहीं हुआ। कोई गुलेरी जी हुए जो एक कहानी के बल पर अर्श पर चढ़ गये और मोटे पोथे लिखने वाले टापते रह गये। ऐसे ही एक श्रीलाल शुक्ल हुए जो एक उपन्यास के बूते बहुत से सम्मान पा गये। हम चाहते हैं कि साहित्य में श्रम की प्रतिष्ठा हो और लेखन में पसीना बहाने वालों को महत्व मिले।

संस्था ने आगे लिखा कि इसी असमानता और नाइंसाफी को दूर करने के उद्देश्य से उसके द्वारा स्थापित होने वाला 'साहित्य सूरमा' सम्मान लेखक के चातुर्य पर नहीं, उसके कुल लेखन के वज़न पर आधारित होगा। इस पुरस्कार के लिए संस्था के कार्यालय के दरवाज़े पर वज़न तौलने वाली मशीनें लगायी जाएँगी जहाँ लेखक अपना कुल उत्पाद प्रस्तुत करेंगे। सामग्री जिन थैलों या बोरों में लायी जाएगी उनकी बारीकी से जाँच होगी कि ऊपर पाँच दस किताबें या रजिस्टर डालकर नीचे वज़न बढ़ाने के लिए लोहा-लंगड़ न डाल दिया गया हो। दोषी पाये जाने वाले लेखकों को ब्लैक-लिस्ट किया जाएगा और भविष्य में भागीदारी से वंचित किया जाएगा। सामग्री पाँच अक्टूबर को संध्या पाँच बजे तक स्वीकार की जाएगी।

विज्ञप्ति ज़ारी होते ही साहित्यकारों के बीच भगदड़ मच गयी। सड़कें साहित्यकारों से सूनी हो गयीं। कॉफी-हाउसों में लेखकों

की बैठकें ग़ायब हो गयीं। सब लेखक अपने-अपने कमरों में बन्द होकर लेखन में पिल पड़े। मित्रों-संबंधियों के आने की मुमानियत हो गयी। अभी पाँच अक्टूबर को डेढ़ महीना बाकी है। इतने समय में दिन-रात मेहनत करके तीन चार किताबें लिखी जा सकती हैं।

नगर के जाने-माने कवि अच्छेलाल 'वीरान' इस समय अठारह घंटे कविता रच रहे हैं। उन्हें भोजन भी परिवार के लोग अपने हाथ से कराते हैं ताकि लिखने में खलल न पड़े। एक दिन बाथरूम से लौटते में चक्कर खाकर गिर गये। तब दो-तीन दिन तक बायें हाथ में ड्रिप लगी रही और दाहिने हाथ से लिखते रहे।

रोज़ सवेरे लेखकों के दरवाज़े पर प्रकाशकों की गाड़ियाँ आती हैं जो चौबीस घंटे के उत्पादन को समेट कर ले जाती हैं। समेटने वाले लेखक को आगाह करते जाते हैं कि प्रूफ़-रीडिंग की उम्मीद न की जाए क्योंकि काम युद्ध-स्तर पर चल रहा है। छपने का काम लोकल ही हो रहा है क्योंकि बाहर भेजने का टाइम नहीं है।

जब लिखित सामग्री जमा करने की तारीख नज़दीक आने लगी तब नगर के नये लेखकों की ओर से संस्था के सम्मुख एक आवेदन प्रस्तुत किया गया जिसमें लिखा था कि समय कम होने के कारण हाड़-तोड़ मेहनत करने के बाद भी वे पुराने लिक्खाड़ों के बराबर नहीं आ सकेंगे। यह भी लिखा गया कि कई लेखक लिखते लिखते बीमार होकर अस्पताल में भर्ती हो गये हैं और वे अपनी बेड पर ही लिख रहे हैं। अतः लेखकों की प्राणरक्षा की दृष्टि से लिखित सामग्री जमा करने की तारीख कम से कम छः माह बढ़ा दी जाए। तभी पुराने लिक्खाड़ों को टक्कर दी जा सकेगी और नाइंसाफी दूर हो सकेगी।

इस पर पुराने लेखकों की ओर से आपत्ति दर्ज करायी गयी कि जो लेखक कम लिख पाये वह उनके आलस्य और लापरवाही के कारण है।

अतः सामग्री जमा करने की तिथि आगे बढ़ा कर आलस्य को पुरस्कृत न किया जाए।

संस्था ने नये लेखकों के आवेदन पर सहानुभूतिपूर्वक विचार करते हुए सामग्री जमा करने का काम फिलहाल स्थगित कर दिया है। अगली तिथि छः माह बाद घोषित की जाएगी। तब तक लेखक अपने लेखन-कोष को समृद्ध करने का काम ज़ारी रख सकते हैं।

जवानी की दीवानगी

धर्म के अनुसार हमारी ज़िन्दगी में चार आश्रम बताए गये हैं। ब्रम्हचर्य से शुरू कीजिए और सन्यास से होते हुए शालीनता से ज़िन्दगी से बाहर हो जाइए। समझदार लोग इस क्रम को स्वीकार करते हैं, लेकिन कुछ लोग ज़िन्दगी में 'रेवर्स गियर' लगाने में लगे रहते हैं। कोशिश करते हैं कि उम्र का सिलसिला जवानी से आगे न बढ़े। इसी चक्कर में अपनी रंगाई-पुताई करते रहते हैं, जैसे कि रंगाई-पुताई से पुरानी इमारत फिर नयी हो जाएगी। उम्र किसी बरजोर घोड़ी की तरह भागती जाती है और वे रस्सी पकड़े घिसटते जाते हैं।

बाबा रामदेव अपने च्यवनप्राश के प्रचार में बताते हैं कि महर्षि च्यवन इस औषधि का सेवन करके बूढ़े से जवान हो गये थे। बाबा यह नहीं बताते कि उनका च्यवनप्राश खाकर कितने बूढ़े जवान हुए। उन्हें बूढ़े से जवान हो जाने वाले लोगों का फोटो चस्पाँ करना चाहिए और फोटो के नीचे 'च्यवनप्राश के सेवन से पहले' और 'च्यवनप्राश के सेवन के बाद' लिखना चाहिए। अनेक कंपनियाँ दीर्घकाल से च्यवनप्राश बनाती रही हैं, लेकिन अभी तक ऐसी जानकारी नहीं मिली कि कोई बूढ़ा अपनी टेकने की लाठी छोड़कर छलाँगें भरने लगा हो।

हमारे देश में जवानी की ज़बरदस्त ललक रही है। सयाने महाकवि केशवदास अपने श्वेत केशों को इसलिए कोसने लगे थे कि उनकी पोतियों की उम्र की 'चंद्रवदन मृगलोचनी' कन्याएं उन्हें 'बाबा' कहकर पुकारने लगी थीं। अब श्वेतकेशी व्यक्ति को कन्याएं 'बाबा' न कहें तो क्या कहें? उस वक्त अगर कोई 'हेयर डाई' उपलब्ध होता तो शायद महाकवि यह छीछालेदर कराने वाला दोहा लिखने से बच जाते। ज़ाहिर है कि वे अपने को रीतिकाल के प्रवाह में बहने से नहीं बचा पाये।

पुराणों में राजा ययाति की कथा मिलती है जिन्होंने अपने पुत्र से उसकी जवानी माँग ली थी। ययाति दलितों के गुरु शुक्राचार्य

के शाप से असमय ही वृद्ध हो गये थे। बार-बार उनकी मृत्यु की घड़ी आती थी और बार-बार वे यम से अनुनय- विनय करके घड़ी को टाल देते थे। अंततः यम ने उनके सामने शर्त रखी कि आगे वे तभी जीवित रह सकते हैं जब वे अपने किसी पुत्र से उसकी जवानी माँग लें। उनके पाँच पुत्रों में से सबसे छोटा पुरु ही उन्हें अपनी जवानी देने को राज़ी हुआ और राजा पुत्र की जवानी पाकर भोग-विलास में डूब गये। अंततः उन्हें पश्चाताप हुआ और उन्होंने पुरु को उसका यौवन लौटा कर वैराग्य धारण कर लिया।

ऐसे ही पिता के आज्ञाकारी भीष्म पितामह और हम्मीर हो गये हैं। भीष्म के पिता राजा शांतनु सत्यवती पर अनुरक्त हो गये थे और उससे विवाह करना चाहते थे, किंतु सत्यवती के पिता ने यह शर्त रखी कि सत्यवती की संतान ही राज्य की उत्तराधिकारी हो। परिणामतः पितृभक्त भीष्म ने आजीवन अविवाहित रहने का प्रण ले लिया। प्रसन्न होकर पिता ने उन्हें इच्छा-मृत्यु का वरदान दिया। हम्मीर के बारे में कथा है कि उन्होंने अपने लिए आये विवाह के प्रस्ताव को ठुकरा कर उस कन्या की शादी अपने पिता से करवा दी क्योंकि उनके पिता ने परिहास में प्रस्ताव लाने वाले से कह दिया था कि उनके (पिता के) लिए भला विवाह प्रस्ताव कौन लाएगा?

ऐसे ही एक पितृभक्त राजा मोरध्वज के पुत्र ताम्रध्वज थे जिन्होंने पिता के आदेश पर अपने को आरे से चिरवा दिया था। व्यंग के पितृपुरुष हरिशंकर परसाई ऐसी पितृभक्ति के पक्षधर नहीं थे। अपनी रचना 'कंधे श्रवण कुमार के' में उन्होंने मोरध्वज की कथा के विषय में लिखा, 'कथा के इस अन्त ने कितनी पीढ़ियों को आरे से चिरवा दिया होगा।'

जवानी को पकड़े रहने की इसी ख्वाहिश में ब्यूटी पार्लर, कॉस्मेटिक सर्जरी, एंटी एजिंग क्रीम का धंधा दिन-दूना रात-चौगुना बढ़ रहा है। 'शो बिज़नेस' में बुढ़ापे का बड़ा ख़ौफ़ होता है क्योंकि बुढ़ापा धंधे को चौपट करने वाला होता है। एक फिल्म अभिनेत्री के बारे में पढ़ा था कि उन्होंने अपने चेहरे पर बुढ़ापे के चिन्हों को रोकने के लिए 29 बार सर्जरी करवायी, लेकिन फिर भी वे बुढ़ापे को प्रकट होने से रोक नहीं पायीं।

जवानी को बरकरार रखने की कोशिश में लगे लोगों को यह समझ में नहीं आता कि दुनिया में यदि बुढ़ापे और मृत्यु की तरफ बढ़ती यात्रा रुक जाएगी तो दुनिया की हालत क्या हो जाएगी। अंग्रेज़ कवि रॉबर्ट ब्राउनिंग समझदार थे। उन्होंने अपनी प्रसिद्ध कविता में लिखा, 'मेरे साथ बूढ़े हो। जीवन का सर्वश्रेष्ठ अभी होने को है, जीवन का वह अंतिम चरण जिसके लिए प्रथम चरण निर्मित हुआ। ' अमेरिकन कवयित्री एमिली डिकिंसन ने लिखा, 'उम्र बीतने के साथ हम पुराने नहीं होते, बल्कि नये होते चले जाते हैं। '

परसाई जी अपनी रचना 'पहला सफेद बाल' में देश की नयी पीढ़ी को संबोधित करते हुए ययाति के संदर्भ में लिखते हैं, 'हमें तुमसे कुछ नहीं चाहिए। ययाति जैसे स्वार्थी हम नहीं हैं जो पुत्र की जवानी लेकर युवा हो गया था। बाल के साथ उसने मुँह भी काला कर लिया। '

कथा पुल के उद्घाटन की

पुल उद्घाटन के लिए तैयार है। सबेरे से ही गहमागहमी है। पूरे पुल को फूलों की झालरों से सजाया गया है। सरकारी अमला पुलिस की बड़ी संख्या के साथ हाज़िर है। उद्घाटन मंत्री जी के कर-कमलों से होना है।

पुल का भूमि-पूजन चार पाँच साल पहले तब की सत्ताधारी और अब की विरोधी पार्टी ने किया था। तब पुल की लागत सात सौ करोड़ आँकी गयी थी, अब बढ़कर तेरह सौ करोड़ हो गयी। अब विरोधी पार्टी वाले वहाँ इकट्ठे होकर हल्ला मचा रहे हैं। उनका कहना है कि पुल की शुरुआत उन्होंने की थी, इसलिए उसका उद्घाटन उन्हीं के कर-कमलों से होना चाहिए। सत्ताधारी पार्टी का जवाब है कि उद्घाटन का अधिकार योजना को पूरा करने वालों का होता है, भूमि-पूजन करके भाग जाने वालों का नहीं। पुलिस हल्ला मचाने वालों से निपटने में लगी है।

मंत्री जी आ गये हैं और गहमागहमी बढ़ गयी है। बहुत से तमाशबीन इकट्ठा हो गये हैं। मीडिया वाले फोटोग्राफरों के साथ आ गये हैं। उनके बिना कोई कार्यक्रम संभव नहीं।

लेकिन उद्घाटन से ऐन पहले कुछ पेंच फँस गया है। बड़े इंजीनियर साहब ने पुल के बीच में, ऊपर, फीता काटने का इन्तज़ाम किया है, लेकिन मंत्री जी ने ऊपर चढ़ने से इनकार कर दिया है। आदेश हुआ है कि फीता नीचे ही बाँधा जाए और उद्घाटन नीचे ही हो। वजह यह कि मंत्री जी के साथ सौ दो-सौ समर्थक पुल के ऊपर जाएँगी। कई पुल उद्घाटन से पहले या उद्घाटन के कुछ ही दिन के बाद बैठ गये, इसलिए मंत्री जी 'रिस्क' नहीं लेना चाहते। उनका कहना है कि उन्हें अभी बहुत दिन तक जनता की सेवा करना है, उनका जीवन कीमती है, इसलिए वे पुल पर चढ़ने का जोखिम नहीं उठाएंगे। परिणामतः तालियों और जयजयकार के बीच नीचे ही उद्घाटन का कार्यक्रम संपन्न हो गया।

मंत्री जी के पास भीड़ में एक मसखरा घुस आया है। हँस कर मंत्री जी से कहता है, 'मंत्री जी, कुतुब मीनार और लाल किला पाँच सौ साल से कैसे खड़े हैं? उन पर तो रोज हजारों लोग चढ़ते-उतरते हैं।' मंत्री जी कोई जवाब नहीं देते। एक पुलिस वाला मसखरे को पीछे ढकेल देता है।

मंत्री जी की खुशामद करने को आतुर एक अधिकारी कहते हैं, 'सर, आपका डेसीज़न बिलकुल सही है। एब्सोल्यूटली राइट। वी शुड नॉट टेक अननेसेसरी रिस्क। '

वे मंत्री जी के चेहरे की तरफ देख कर फिर कहते हैं, 'सर, ये पाँच सौ साल से खड़ी इमारतें हमारे लिए प्राब्लम बनी हुई हैं। इनकी वजह से हमें बार बार शर्मिन्दा होना पड़ता है। सर, अगर हमारे पुल और सड़कें सौ साल तक चलेंगीं तो एम्प्लायमेंट जेनरेशन कैसे होगा और नयी पीढ़ी को काम कैसे मिलेगा? इसलिए मेरा तो सुझाव है, सर, कि इन पुरानी इमारतों को फौरन डिमॉलिश कर दिया जाए, उन पर फौरन बुलडोज़र चला दिया जाए। सर, इस मामले में आप कुछ कोशिश करें तो नेक्स्ट जेनरेशन आपकी बहुत थैंकफुल होगी।

'सर, मेरा तो यह कहना है कि सभी सड़कों, पुलों को पाँच साल बाद डिमॉलिश कर देना चाहिए। डेवलपमेंट के लिए यह बहुत ज़रूरी है। '

मंत्री जी सहमति में सिर हिलाते हैं।

उद्घाटन के बाद पुल जनता के हितार्थ खुल गया है। अधिकारी ध्वनि-विस्तारक पर बार- बार घोषणा कर रहे हैं कि अब जनता आवे और पुल के इस्तेमाल का सुख पावे। लेकिन पुल पर सन्नाटा है। लोग दूर से टुकुर-टुकुर देख रहे हैं। कोई पुल पर पाँव नहीं धरता।

अधिकारियों में सुगबुगाहट फैल गयी---'भरोसा नहीं है। दे डोन्ट बिलीव अस। '

एक अधिकारी ने पुलिस के अफसर से पूछा, 'क्या हम पुल पर पुलिस फोर्स का मार्च करा सकते हैं? इट विल हैव अ गुड एफेक्ट। '

जवाब मिला, 'नो सर, इट इज़ नॉट एडवाइज़ेबिल। फोर्स कदम मिला कर चलेगी तो पूरी फोर्स का वज़न एक साथ पुल पर पड़ेगा। इट इज़ रिस्की। '

अधिकारियों में फिर फुसफुसाहट है। फिर एक सीनियर अधिकारी एक युवा अधिकारी के कान में कोई मंत्र देता है और युवा अधिकारी अपना स्कूटर उठाकर निकल जाता है। बाद में पता चलता है कि उसका लक्ष्य वह चौराहा था जहाँ रोज़ मज़दूर मज़दूरी की तलाश में घंटों बैठे रहते थे। थोड़ी ही देर में वहाँ एक ट्रक में तीस चालीस मज़दूर आ गये, जिन्हें अधिकारियों ने पुल पर दौड़ा दिया। वे खुशी खुशी, बेफिक्र, पुल पर दौड़ गये। उनकी देखा-देखी कुछ और लोग अपनी हिचक को छोड़कर पुल पर चढ़ गये। फिर जनता की आवाजाही शुरू हो गयी।

इस तरह पुल पर लगा ग्रहण हटा और उसे जनता-जनार्दन के द्वारा अंगीकार किया गया।

साहित्यिक 'ब्यौहार'

शीतल बाबू परेशान हैं। चार दिन से उनके पुराने मित्र बनवारी बाबू उनका फोन नहीं उठा रहे हैं। वे बार-बार लगाते हैं, लेकिन उधर से कोई तत्काल काट देता है। पहले दोनों मित्रों की रोज़ बातचीत होती थी। अब बात के लाले पड़ रहे हैं। बनवारी बाबू इतने पास भी नहीं रहते कि दौड़ कर पहुँच जाया जाए। चार-पाँच किलोमीटर दूर रहते हैं।

लाचार शीतल बाबू ने पत्नी के मोबाइल से फोन लगाया। उधर से बनवारी बाबू की आवाज़ सुनायी पड़ी, 'हैलो, कौन? '

शीतल बाबू बोले, 'मैं शीतल। कहाँ हो भैया? फोन लगा लगा कर परेशान हैं। '

उधर से रुखा जवाब आया, 'यहीं हैं। कहाँ जाएँगे? '

शीतल बाबू बोले, 'क्या बात है? फोन क्यों बार-बार कट रहा है? '

जवाब मिला, 'आप हमसे ब्यौहार ही नहीं रखना चाहते हैं तो बात करके क्या करेंगे? '

शीतल बाबू घबराकर बोले, 'कैसा ब्यौहार? कौन से ब्यौहार की बात कर रहे हो? '

बनवारी बाबू बोले, 'ऐसा ब्यौहार कि पिछले एक साल में हमने फेसबुक पर 1730 पोस्ट मय फोटो के डाली, लेकिन आपने सिर्फ 1460 में ही लाइक या कमेंट दिया। आपने साल भर में 246 पोस्ट डाली, उसमें से हमने 223 में लाइक या कमेंट दिया। हम तो आपका नाम देखते ही लाइक का बटन दबा देते हैं, पढ़ें चाहे न पढ़ें। अब आप ऐसा ब्यौहार रखेंगे तो कैसे चलेगा? शादी-ब्याह के ब्यौहार की तरह फेसबुक में भी ब्यौहार रखना पड़ता है, तभी संबंध चल सकते हैं। '

शीतल बाबू रिरिया कर बोले, 'गलती हो गई भैया। कई बार पोस्ट दिखायी नहीं पड़ती। '

जवाब मिला, 'देखोगे तो सब दिखायी पड़ेगा। जिन खोजा तिन पाइयाँ। खोजोगे तो सब मिल जाएगा। वो फिल्मी गाना नहीं सुना---वो जो चाहने वाले हैं तेरे सनम, तुझे ढूँढ़ ही लेंगे कहीं न कहीं? '

शीतल बाबू पश्चाताप के स्वर में बोले, 'आगे खयाल रखूँगा, भैया। अब चूक नहीं होगी। '

बनवारी बाबू का स्वर मुलायम हो गया। बोले, 'भैया, लगता है आप लाइक और कमेंट का महत्व और असर नहीं समझते। फेसबुक में लिखने वालों के लिए लाइक और अनुकूल कमेंट के डोज़ संजीवनी से कम नहीं होते। आलोचना और उपेक्षा के मारे हुए लेखक को ये अवसाद और हार्ट अटैक से बचाते हैं। ये वैसे ही काम करते हैं जैसे हार्ट अटैक से बचने के लिए सॉर्बिट्रेट और एस्पिरिन काम करते हैं। सुना है कि मेडिकल काउंसिल लाइक और कमेंट को मैटीरिया-मेडिका यानी औषधियों की सूची में शामिल करने की सोच रही है। ये फेसबुक-लेखक के लिए वेंटिलेटर से ज्यादा ऑक्सीजन देने वाले हैं। '

बनवारी बाबू आगे बोले, 'भैया, लाइक और कमेंट की अहमियत समझो। जिस भाग्यशाली लेखक को भरपूर लाइक्स और आल्हादकारी कमेंट्स मिलते हैं वह हमेशा प्रसन्न और उत्साहित बना रहता है। उसका स्वास्थ्य उत्तम रहता है और अनिद्रा का रोग उसे कभी नहीं सताता। ब्लड प्रेशर और नाड़ी की गति दुरुस्त रहते हैं और पाचन क्रिया बढ़िया काम करती है। उसे दुनिया हमेशा खूबसूरत नज़र आती है। जीवन और जगत में आस्था बनी रहती है। उसके परिवार में हमेशा सुख-शान्ति रहती है। प्राणिमात्र के लिए उसके मन में प्रेम का भाव उमड़ता है।

'इसके विपरीत लाइक और अनुकूल कमेंट से वंचित लेखक बार-बार डिप्रेशन, अनिद्रा और निराशा का शिकार होता है। जीवन और जगत से उसकी आस्था उठ जाती है। परिवार में कलह होती है। मित्रों-रिश्तेदारों से संबंधों में उसकी रुचि जाती रहती है। ऐसा लेखक राह चलते लोगों से रार लेता है। उसे सारे समय व्यर्थता-बोध घेरे रहता है।

'इसलिए भैया, लाइक और कमेंट देने में चूक को मित्र के साथ घात समझो। आजकल संबंधों को ठंडा करने में यही चीज़ सबसे बड़ा कारण बनती है। संबंधों को पुख्ता रखना है तो मुक्तहस्त से लाइक और कमेंट देने में कभी चूक मत करना, वर्ना पचीसों साल के बनाये संबंध एक मिनट में ध्वस्त हो जाएँगे। '

शीतल बाबू यह प्रवचन सुनकर भीगे स्वर में बोले, 'समझ गया, भैया। आगे सब काम छोड़कर पहले आप को लाइक और कमेंट दूँगा। पीछे जो हुआ उसे मेरी नासमझी मान कर भूल जाएँ। '

अंतर्राष्ट्रीय कवि और ख़तरनाक समीक्षक

नगर के जाने-माने अंतर्राष्ट्रीय कवि सरतारे लाल 'निश्चिन्त' सवेरे सवेरे टहलने निकले थे। जब से उन्हें दुबई और कनाडा के कवियों के साथ ऑनलाइन कविता-पाठ का मौका मिला था तब से वे छलाँग लगाकर स्थानीय से अंतर्राष्ट्रीय हो गये थे। कोविड के काल में कई स्थानीय स्तर के लेखक अंतर्राष्ट्रीय का पद पा गये। तब से 'निश्चिन्त' जी ने स्थायी रूप से अपने नाम के आगे 'अंतर्राष्ट्रीय कवि' चिपका लिया था।

'निश्चिन्त' जी उस दिन टहलते टहलते नगर के एक दूसरे कवि 'आहत' जी के घर पहुंच गये। आवाज़ दी तो 'आहत' जी बालकनी पर प्रकट हुए। 'निश्चिन्त' जी ने पूछा, 'मेरे कविता-संग्रह पर कुछ लिखा क्या? चार छः लाइनें लिख देते तो कहीं छपने का जुगाड़ बैठाऊँ। '

'आहत' जी मूड़ खुजाते हुए बोले, 'अरे क्या बताऊँ भैया। शादी-ब्याह में ऐसा फँसा कि लिखने का टाइम ही नहीं मिला। लेकिन निश्चिन्त रहें। मैंने आपका संग्रह गोकुल जी को दे दिया है। वे बढ़िया समीक्षा करते हैं। समझदार आदमी हैं। मैंने उन से निवेदन किया है कि जल्दी लिख दें। '

सुनकर 'निश्चिन्त' जी की आँखें कपार पर चढ़ गयीं। ठंड में भी माथे पर पसीना चुहचुहा आया। शरीर में झुरझुरी दौड़ने लगी। लगा कि वहीं भूमि पर गिर जायेंगे। ऊँचे स्वर में बोले, 'अरे आपने उस हत्यारे को मेरी किताब क्यों दे दी? वह किताब को चीर-फाड़ कर रख देता है। सयानों का भी लिहाज नहीं करता। आपको याद नहीं उसी की समीक्षा के कारण नगर के प्रसिद्ध अंतर्राष्ट्रीय कवि 'घायल' जी को एक हफ्ते अस्पताल में भर्ती रहना पड़ा था। यह आदमी दफा 302 के मुजरिम से कम नहीं है। '

'आहत' जी हँसकर बोले, 'ऐसी कोई बात नहीं है। वह ज़बरदस्ती किसी की आलोचना नहीं करता। यह जरूर है कि वह बेलिहाज गुण- दोष के आधार पर लिखता है। उसकी अच्छी प्रतिष्ठा है। उसके लिखने से आपको फायदा ही होगा। '

'निश्चिन्त' जी बिफर कर बोले, 'भाड़ में गया फायदा। वह जाने कहाँ से खोद खोद कर गलतियाँ और कमजोरियाँ निकालता है। हम तो इसलिए किताब देते हैं कि तारीफ के दो बोल सुनने को मिलेंगे। इसीलिए किताबें मित्रों को ही दी जाती हैं और 'सो कॉल्ड' निष्पक्ष समीक्षकों से बचा जाता है। आपने मेरी किताब गलत आदमी को दे दी। आप आज ही मेरी किताब उससे वापस ले लें। मैं शाम को आऊँगा। देर होने पर कहीं उसने समीक्षा लिखकर कहीं छपवा दी तो मैं मारा जाऊँगा। जब तक किताब मेरे हाथ में नहीं आ जाएगी तब तक मुझे चैन नहीं मिलने वाला। आपने मेरा आज का पूरा दिन खराब कर दिया। '

'देशभक्त' जी की देशभक्ति

भाई रतनलाल 'देशभक्त' बहुत परेशान हैं। न दिन को चैन है, न रात को नींद। रात करवटें बदलते गुज़रती है।

'देशभक्त' जी राजनीति के पुराने खिलाड़ी हैं। कुछ साल पहले अपने नाम के साथ 'देशभक्त' जोड़ लिया, सो अब अपना परिचय उसी नाम से देते हैं।

'देशभक्त' जी तीन पार्टियाँ छोड़कर अंतरात्मा की आवाज़ पर चौथी पार्टी में आये हैं। तब यह पार्टी पावर में थी। वे यह सोचकर पार्टी में आये थे कि कोई मलाईदार पद मिल जाएगा, लेकिन हाल ही में पार्टी के कुछ एमैले अंतरात्मा की आवाज़ पर पार्टी छोड़ कर चले गये और सरकार गिर गयी। 'देशभक्त' जी के लिए सर मुँड़ाते ही ओले पड़े। अब उनका चैन हराम है।

नयी पार्टी ने पावर में आते ही भड़ाभड़ काम करना शुरू कर दिया। बिजली-पानी के शुल्क में छूट दे दी और तेज़ी से स्कूल, अस्पताल, पुल, सड़कें बनने लगे। उनके एमैले दिन भर काम के ठिये पर मुस्तैद दिखायी देने लगे।

लेकिन उनका काम देख कर 'देशभक्त' जी के पेट में पानी मचने लगा। ऐसे ही काम होता रहा तो उनकी पार्टी का पचास साल तक पावर में आने का नंबर नहीं लगेगा। पब्लिक खुश रही तो अपना तो बंटाढार ही होना है। फिर चौथी बार दल बदलने के सिवा कोई चारा नहीं रहेगा।

चैन नहीं पड़ा तो अपनी पार्टी के पुराने घाघ गोमती भाई के पास पहुँचे। वे सोफे पर गणेश जी की मुद्रा में बैठे काजू-किशमिश टूँग रहे थे। देखकर देशभक्त जी का माथा और खराब हुआ। बोले, 'आप यहाँ आराम से बैठे हैं और वहाँ अपना सारा काम खराब हो रहा है।'

गोमती भाई ने पूछा, 'क्या हुआ? क्या परेशानी है?'

'देशभक्त' जी रुआँसे होकर बोले, 'नयी सरकार इतनी तेजी से काम कर रही है। यही हाल रहा तो आगे हमें कौन पूछेगा? अपनी लुटिया तो डूबी समझो। पचास साल तक सर उठाने का मौका नहीं मिलेगा। '

गोमती भाई परमहंस की नाईं बोले, 'जनता का भला हो रहा है तो होने दो। जब वे गलती करेंगे तब देखेंगे।'

'देशभक्त' जी भिन्ना कर बोले, 'तो क्या हम उनके गलती करने तक हाथ पर हाथ धरे बैठे रहें? हम कल से उनकी पार्टी के दफ्तर के सामने प्रदर्शन करेंगे, कहेंगे कि हर काम में भ्रष्टाचार और कमीशनखोरी हो रही है। आप अपने चेलों को कह दो कल सवेरे अपनी पार्टी के दफ्तर में झंडे-वंडे लेकर इकट्ठे हो जाएँ। बाकी हम देख लेंगे। '

दूसरे दिन सत्ताधारी पार्टी के दफ्तर के सामने हंगामा शुरू हो गया। पुलिस आ गयी। बैरिकेड लगे थे, उन्हें लाँघने की कोशिशें होने लगीं। पुलिस के साथ झूमा-झटकी होने लगी। 'देशभक्त' जी को बैरिकेड से थोड़ी सी खरोंच लग गयी। उन्होंने एक वालंटियर से पट्टी मँगवा कर उस मामूली सी खरोंच पर बँधवा ली और फिर कमीज़ उतारकर, अपने कंधे पर रखकर, चोट की नुमाइश करते घूमने लगे।

प्रदर्शन के बीच में 'देशभक्त' जी लाउड-स्पीकर पर भाषण भी दे रहे थे, जिसका लुब्बेलुबाब था कि वर्तमान सरकार महाभ्रष्ट है, हर काम में तीस परसेंट कमीशन बँधा है। जो सड़कें और पुल बन रहे हैं वे एक साल से ज़्यादा नहीं टिकने वाले। स्कूलों-अस्पतालों में काम की क्वालिटी एकदम घटिया है और नई पीढ़ी और मरीज़ों के साथ खिलवाड़ हो रहा है। 'देशभक्त' जी बार-बार मुट्ठी उठा कर कहते थे कि वे इस भ्रष्टाचार को नहीं चलने देंगे, भले ही उनको अपने प्राणों की बलि देनी पड़े।

हर बार उनका भाषण 'बिस्मिल' के शेर से ख़त्म होता था---
'सरफ़रोशी की तमन्ना अब हमारे दिल में है, देखना है ज़ोर कितना बाजुए कातिल में है। '

पहले दिन प्रदर्शन से 'देशभक्त' जी अपनी फौज के साथ भारी संतुष्ट होकर लौटे। लगा जीवन को दिशा मिल गयी। अब

आराम हराम है। रोज़ प्रदर्शन करना है और पूरा ज़ोर लगा कर सरकारी काम को रोकना है। सरकार काम करने में सफल हो गयी तो अपने भविष्य पर ग्रहण लगना निश्चित है।

अब रोज 'देशभक्त' जी चालीस पचास फुरसतिये लड़कों के साथ 'इंकलाब जिन्दाबाद' का नारा लगाकर कहीं काम को रोकने निकल पड़ते हैं। फिर दिन भर हंगामा और पुलिस के साथ धक्कामुक्की चलती है। शाम को अपनी दिन भर की उपलब्धि पर गर्वित, सिर ऊँचा किये लौटते हैं। उन्हें भरोसा है कि उनकी कोशिशों से सरकारी काम रुके न रुके, नयी पार्टी में उनका रुतबा ज़रूर बढ़ जाएगा, जिससे आगे कुछ हासिल होने के रास्ते खुलेंगे।

भूत जगाने वाले

उस दिन घर में नया सीलिंग फैन आया था। पत्नी और मैं बहुत खुश थे। पंखे को फ़िट कराने के बाद हम उसके नीचे बैठे उसे अलग-अलग चालों पर दौड़ा रहे थे --- कभी दुलकी तो कभी सरपट। तभी कहीं से घूमते घामते सुखहरन जी आ गये। कुर्सी पर बैठकर उन्होंने ऊपर की तरफ देखा, बोले, 'ओहो, नया पंखा लगवाया है?'

मैंने खुश खुश कहा, 'हाँ।'

उन्होंने पूछा, 'कितने का खरीदा?'

मैंने जवाब दिया, 'चौदह सौ का।'

वे मुँह बिगाड़ कर बोले, 'तुम बहुत जल्दी करते हो। हमसे कहते हम आर्मी कैंटीन से दिलवा देते। कितने मेजर, कर्नल और ब्रिगेडियर अपनी पहचान के हैं। कम से कम तीन चार सौ की बचत हो जाती।'

हमारे उत्साह की टाँगें टूट गयीं। पत्नी ने मेरी तरफ मुँह फुला कर देखा और कहा, 'सचमुच आप बहुत जल्दबाजी करते हो। सुखहरन भैया से कहते तो कुछ पैसे बच जाते।'

हमारा मूड नाश हो गया। अब हम अपने उत्साह को बार-बार पूँछ पकड़ कर ऊपर उठाते थे और वह गरियार बैल की तरह नीचे बैठ जाता था। सुखहरन हमारा सुख हर कर आराम से बैठे पान चबा रहे थे। पंखे की ठंडी हवा अब हमें लू की तरह काट रही थी।

इसके बाद जब एक ऑटोमैटिक प्रेस खरीदने की ज़रूरत हुई तो मैंने सुखहरन को पकड़ा। वे मेजरों और ब्रिगेडियरों की चर्चा करके मुझे कई दिन बहलाते रहे, लेकिन वे मुझे प्रेस नहीं दिलवा पाये। उस दिन ज़रूर वे हमारी खुशी को ग्रहण लगा गये।

ऐसे भूत जगाने वाले बहुत मिलते हैं। चतुर्वेदी जी के घर जाता हूँ तो वे अक्सर बीस साल पहले हुई अपनी शादी का रोना रोने बैठ जाते हैं। उन्हें अपनी पत्नी से बहुत शिकायत है। पत्नी को सुनाकर

कहते हैं, 'क्या बतायें भैया, हमारे लिए दुर्जनपुर से द्विवेदी जी का रिश्ता आया था। एक लाख नगद दे रहे थे और साथ में एक मोटरसाइकिल भी कसवा देने को कह रहे थे। लेकिन अपने भाग में तो ये लिखी थीं।' वे पत्नी की तरफ हाथ उठाते हैं।

मैं उनके चंद्रमा के समान असंख्य गड्ढों से युक्त चेहरे और उनकी घुन खायी काया को देखता हूँ और कहता हूँ, 'सचमुच दुर्भाग्य है।' फिर युधिष्ठिर की तरह धीरे से जोड़ देता हूँ, 'तुम्हारा, या उनका?'

मेरे एक और परिचित संतोख सिंह परम दुखी इंसान हैं। वैसे खाते पीते आदमी हैं, कोई अभाव नहीं है। लेकिन वेदना यह है कि उन्हें दस बारह साल पहले सौ रुपये फुट के हिसाब से एक ज़मीन मिल रही थी जो उन्होंने छोड़ दी। अब वही ज़मीन हज़ार रुपये फुट हो गयी। संतोख सिंह इस बात को लेकर व्यथित हैं कि वे उस ज़मीन को लेने से क्यों चूक गये। लेकिन असल बात यह है कि संतोख सिंह परले सिरे के मक्खीचूस हैं और उस वक्त यदि स्वयं गुरु वृहस्पति भी उन्हें वह ज़मीन खरीदने की सलाह देते तब भी वे अपनी टेंट ढीली न करते।

ऐसे ही भूत जगाने वाले बहुत से राजा रईस हैं। उनका ज़माना लद गया, लेकिन उनमें से बहुत से अभी भी अपने को राजा और जनता को अपनी प्रजा समझते हैं। अपने घर में पुरानी तसवीरों और धूल खाये सामान से घिरे वे मुर्दा हो गये वक्त को इंजेक्शन लगाते रहते हैं। खस्ताहाल हो जाने पर भी अपने सिर पर दो चार नौकर लादे रहते हैं। अपने हाथ से काम न खुद करते हैं, न अपने कुँवरों को करने देते हैं। ऐसा ही प्रसंग लखनऊ की एक बेगम साहिबा का है जो सरकार से अपने महल के विवाद के कारण अपने पुत्र, पुत्री, पाँच छः नौकरों और दस बारह कुत्तों के साथ कई साल तक दिल्ली स्टेशन के एक वेटिंग रूम में पड़ी रहीं।

प्रसिद्ध अंग्रेज उपन्यासकार चार्ल्स डिकेंस के उपन्यास 'महान आशाएँ' में एक प्रसिद्ध चरित्र मिस हविशाम का है। मिस हविशाम को उसके प्रेमी ने धोखा दिया और वह उस वक्त ग़ायब हो गया जब मिस हविशाम शादी के लिए तैयार बैठीं उसकी प्रतीक्षा कर रही थीं। मिस हविशाम पर इस बात का ऐसा असर हुआ कि उन्होंने समय को उसी क्षण रोक देने का निश्चय कर लिया। उन्होंने घर की सब

घड़ियाँ रुकवा दीं। वे ज़िन्दगी भर अपनी शादी की पोशाक पहने रहीं। घर की सब चीज़ें वैसी ही पड़ी रहीं जैसीं वे उस दिन थीं। शादी की केक के ऊपर मकड़जाले तन गये। लेकिन इस सबके बावजूद समय मिस हविशाम की उँगलियों के बीच से फिसलता गया और धीरे-धीरे वे बूढ़ी हो गयीं।

एक अंग्रेज़ कवि ने कहा है, 'भूत को अपने मुर्दे दफ़न करने दो। वर्तमान में रहो। ' लेकिन भूत जगाने वालों को यह बात समझा पाना बहुत मुश्किल है।

उदर रोग आख्यान

सेवा में सविनय निवेदन है कि मैं पेट का ऐतिहासिक मरीज़ हूँ। मर्ज़ अब इतना पुराना हो गया है कि मेरे व्यक्तिगत इतिहास में लाख टटोलने पर भी इसकी जड़ें नहीं मिलतीं। अब तक इस रोग के नाना रूपों और आयामों में से गुज़र चुका हूँ।

पेट का रोग संसार में सबसे ज़्यादा व्यापक है। शायद इसका कारण यह है कि अल्लाह ने भोजन करने का काम तो हमारे हाथ में दिया है, लेकिन आगे के सारे विभाग अपने हाथ में ले रखे हैं। काश कोई ऐसा बटन होता जिसे दबाते ही भोजन अपने आप पच जाता और शरीर का सारा कारोबार ठीक से चलता रहता। कमबख्त पेट की गाड़ी ऐसी होती है जो एक बार पटरी से उतरी सो उतरी। फिर आप पेट के मरीज़ होने का गर्व करने के अलावा और कुछ नहीं कर सकते।

एक विद्वान ने कहा है कि जिसे हम अक्सर आत्मा का रोग समझ लेते हैं, वह वास्तव में पेट का मर्ज़ होता है। जो लोग दार्शनिक या कवि जैसे खोये खोये बैठे रहते हैं यदि उनकी दार्शनिकता की तह में प्रवेश किया जाए तो कई लोग पेट के रोग से ग्रस्त मिलेंगे। इसीलिए दार्शनिकों और कवियों की पूरी जाँच होना चाहिए ताकि पता लगे कि कितने 'जेनुइन' कवि हैं और कितनों का कवित्व 'मर्ज़ मैदा' से पैदा हुआ है।

पेट का मरीज़ मेहमान के रूप में बहुत ख़तरनाक होता है। वह जिस घर में अतिथि बनता है वहाँ भूचाल पैदा कर देता है। उसे तली चीज़ें नहीं चाहिए, धुली हुई दाल नहीं चाहिए, नींबू चाहिए, काला नमक चाहिए, दही चाहिए, अदरक चाहिए। 'बिटिया, शाम को तो मैं खिचड़ी खाऊँगा। ईसबगोल की भूसी हो तो थोड़ी सी देना, और ज़रा पानी गर्म कर देना।' ऐसा मेहमान मेज़बान को कभी पूरब की तरफ दौड़ाता है, कभी पश्चिम की तरफ। ऐसी चीज़ें तलाशना पड़ती हैं जिनका नाम सुनकर दूकानदार हमारा मुँह देखता रह जाता है। घर के

बाथरूम पर मेहमान का पूरा कब्ज़ा होता है। वे दो बार, चार बार, छः बार, जितने बार चाहें वहाँ आते जाते रहते हैं। कई लोग जो आठ बजे घुसते हैं तो फिर दस बजे तक पुनः दर्शन नहीं देते।

पेट का मरीज़ अपने साथ दुनिया भर का संरंजाम लेकर चलता है - नाना प्रकार के चूर्ण, लहसुन वटी, चित्रकादि वटी, द्राक्षासव, और जाने कितने टोटके। दवाइयों के हज़ारों कारखाने पेट के रोगियों के लिए चलते हैं। पेट के रोगी का बिगड़ा हुआ पेट बहुत से पेट पालता है।

पेट के रोगी के साथ मुश्किल यह होती है कि उसकी दुनिया अपने पेट तक ही सीमित रहती है। वह हर चार घंटे पर अपने पेट के स्वास्थ्य का बुलेटिन ज़ारी करता है। जिस दिन उसका पेट ठीक रहता है वह दिन उसके लिए स्वर्णाक्षरों में लिखे जाने योग्य होता है। जब बाकी सब लोग अफगानिस्तान और ईरान की समस्या की बातें करते हैं तब वह बैठा अपना पेट बजाता है।

पेट का रोगी बड़ा चिड़चिड़ा, बदमिजाज़ और शक्की हो जाता है। इसलिए पेट के रोगी को कभी ज़िम्मेदारी के पद पर नहीं बैठाना चाहिए। ऐसा आदमी जज बन जाए तो रोज़ दो चार को फाँसी पर लटकाये, अफसर बन जाए तो रोज़ दो चार को डिसमिस करे, और किसी देश का प्रधानमंत्री या राष्ट्रपति बन जाए तो ज़रा सी बात पर जंग का नगाड़ा बजवा दे। घर और पड़ोस के लोग पेट के रोगी से त्रस्त रहते हैं क्योंकि वह हर बात पर भौंकता है और काटने को दौड़ता है।

पेट के रोग का यह वृतांत एक किस्से के साथ समाप्त करूँगा। एक दिन जब डॉक्टर के दवाखाने से पेट की दवा लेकर चला तो एक रोगी महोदय मेरे पीछे लग गये। वे स्वास्थ्य की जर्जरता में मुझसे बीस थे।

उन्होंने मुझसे पूछा, 'आप पेट के रोगी हैं? '

मेरे 'हाँ' कहने पर उन्होंने पूछा, 'कितने पुराने रोगी हैं? '

जब मैंने पन्द्रह वर्ष का अनुभव बताया तो वे प्रसन्न हो गये। उन्होंने बड़े जोश से मुझसे हाथ मिलाया, बोले, 'मैं भी अठारह वर्ष की हैसियत का पेट का रोगी हूँ। मेरा नाम बी.के. वर्मा है। '

मैंने प्रसन्नता ज़ाहिर की तो वे बोले, 'आपसे मिलकर बहुत खुशी हुई। दरअसल हमने इस शहर में एक 'उदर रोगी संघ' बनाया है। उसकी मीटिंग हर इतवार को शाम को होती है। मैं चाहता हूँ कि आप भी इसमें शामिल हों। '

इतवार की शाम उनके बताये पते पर पहुँचा। वह घर उनके संघ के अध्यक्ष का था जो पैंतालीस वर्ष की हैसियत के उदर रोगी थे। वहाँ अलग अलग अनुभव वाले लगभग पच्चीस उदर रोगी एकत्रित थे। उन्होंने बड़े जोश से मेरा स्वागत किया, जैसे उन्हें 'बढ़त देख निज गोत' खुशी हुई हो।

उस सभा में पेट के रोगों के कई आयामों की चर्चा हुई। कई नई औषधियों का ब्यौरा दिया गया। वहाँ उदर रोग के मामले में 'सीनियर' 'जूनियर' का भेद स्पष्ट दिखायी दे रहा था। जो जितना सीनियर था वह उतने ही गर्व में तना था।

उस दिन के बाद मैं उदर रोगी संघ की मीटिंग में नहीं गया। करीब पंद्रह दिन बाद दरवाज़ा खटका तो देखा वर्मा जी थे। वे बोले, 'आप उस दिन के बाद नहीं आये? '

मैंने उत्तर सोच रखा था, कहा, 'क्या बताऊँ वर्मा जी! अब की बार मैंने जो दवा ली है उससे मेरा उदर रोग काफी ठीक हो गया। इसीलिए मैं आपके संघ के लिए सही पात्र नहीं रह गया। '

वर्मा जी का मुँह उतर गया। वे बोले, 'तो आपका रोग ठीक हो गया? '

मैंने कहा, 'हाँ! लगता तो कुछ ऐसा ही है। '

वे बोले, 'इतनी जल्दी कैसे ठीक हो सकता है? '

मैंने कहा, 'मुझे अफसोस है। लेकिन बात सही है। '

वर्मा जी बड़ा मायूस चेहरा लिये हुए मुड़े और मेरे घर और मेरी ज़िन्दगी से बाहर हो गये।

मोटी किताब लिखने के फायदे

लेखकों-कवियों के ये दुर्दिन हैं। किताबें लिखी खूब जा रही हैं, छप भी रही हैं, लेकिन पढ़ने वाला कोई नहीं है। दूर-दूर तक बस धूल उड़ती दिखती है। कहाँ गया रे पाठक? कवि आँख मूँदे पुकार रहा है--- 'आ लौट के आजा मेरे मीत, तुझे मेरे गीत बुलाते हैं', लेकिन मीत यानी पाठक 'डोडो' पक्षी की तरह अंतर्ध्यान हो गया है।

वैसे लेखक और कवि अभी पूरी तरह मायूस नहीं हुए हैं। जेब से पैसे लगाकर अपनी किताबें छपवा रहे हैं और प्रकाशकों की जेब गर्म कर रहे हैं। कोई कन्या के दहेज के लिए रखे पैसे निकाल रहा है तो कोई बीमारी-विपदा के लिए रखे पैसे बढ़ा रहा है। कुछ ऐसे समर्पित लेखक हैं जो पत्नी के ज़ेवर बेचकर अमर होने का इंतज़ाम कर रहे हैं। लेकिन इन पुस्तकों को पढ़ने वाला कहाँ है? यानी पकवान तो बन रहे हैं लेकिन उनका स्वाद लेने वाला ग़ायब है। अब लेखक ही लिखे और लेखक ही पढ़े।

ज़्यादातर प्रकाशक भी पाठकों के बूते किताबें नहीं छापते। उनकी नज़र या तो थोक ख़रीद पर रहती है या पुरस्कारों पर। प्रकाशक सही कमीशन देने को तैयार हो तो कितनी भी मँहगी किताब कितनी भी संख्या में बिक जाएगी। साहब से लेकर मुसाहब तक सब का हिस्सा देने के बाद किताबें विभागों को ढकेल दी जाएंगीं जहाँ उन्हें शेल्फों में ठूँस कर अंतिम प्रणाम कर लिया जाएगा। पाठक को छोड़कर लेखक, प्रकाशक, अफसर, बाबू सब खुश क्योंकि सबको ज्ञान का प्रसाद मिल जाता है। यानी किताब की स्थिति यह होती है कि 'आये भी वो, गये भी वो, ख़त्म फ़साना हो गया'। इसीलिए आजकल उन लेखकों की किताबें आसानी से छपती हैं जो ऊँचे ओहदे पर या ताकतवर हैं और किताबें बिकवाने की कूवत रखते हैं।

बहुत से लेखकों को सामान्य पाठक पसन्द नहीं आते। वजह यह है कि बहुत से पाठक कुछ नासमझ यानी खरी खरी बात

करने वाले होते हैं। लेखक की रचना पढ़कर बेबाक आलोचना कर देते हैं जो लेखक के दिल पर चोट करती है। ये नादान पाठक यह नहीं समझते कि लेखक बेहद संवेदनशील होता है, आलोचना उसे बर्दाश्त नहीं होती। 'फुलगेंदवा न मारो, लगत करेजवा में चोट। ' ऐसे लेखक सामान्य पाठक को अपनी रचना के पास नहीं फटकने देते। दस बारह यारों को घर पर बुला लेते हैं और उच्च कोटि की जलपान व्यवस्था के बाद रचना पर अपनी बहुमूल्य राय प्रस्तुत करने का अनुरोध करते हैं। मित्रों को अपनी भूमिका मालूम होती है, अतः वे रचना का अंश कान में पड़ते ही सिर धुनना शुरू कर देते हैं। फिर वे गद्गद स्वर में कहते हैं कि ऐसी महान रचना सुनकर वे स्तब्ध हैं और ऐसी रचना न पहले लिखी गयी, न भविष्य में लिखी जा सकती है। वे रुँधे कंठ से यह भी कहते हैं कि उन्हें पता नहीं था कि उनके बीच ऐसा गुदड़ी का लाल छिपा है। प्रशंसा से मगन लेखक अनुपस्थित आम पाठक को अँगूठा दिखा कर लंबी तान कर सो जाता है।

ताज्जुब है कि ऐसे शत्रु-समय में भी कुछ लेखक पूर्ण निष्ठा और मनोयोग से मोटी मोटी किताबें लिख कर साहित्य के प्रांगण में पटक रहे हैं। पृष्ठ संख्या पाँच सौ से हज़ार तक, कीमत पाँच सौ से छः सौ तक। हर साल ऐसे महाग्रंथ धरती पर उतर कर उस में कंपन उत्पन्न कर रहे हैं। ये कौन अटूट आशावादी लेखक हैं जो ज़माने की तरफ पीठ करके पोथे रचने में लगे हैं? उन्हें कौन पढ़ेगा? कौन खरीदेगा? लेखक से पूछिए तो उनका भोला सा उत्तर होगा कि विश्व के ज़्यादातर क्लासिक वज़नदार रहे हैं और जहाँ तक कीमत का सवाल है, महान साहित्य के लिए पाठकों को त्याग करना ही पड़ेगा।

ऐसी वज़नदार किताबें आते ही धड़ाधड़ उनकी समीक्षाएँ और लेखक के इंटरव्यू आना शुरू हो जाते हैं। इन समीक्षाओं और साक्षात्कारों को लिखने के लिए अनेक रिटायर्ड लेखक धूल झाड़ कर पुनः प्रकट हुए हैं और अनेक नये समीक्षकों का जन्म हुआ है। सभी समीक्षाओं से एक बात स्पष्ट होती है कि साहित्य में नयी ज़मीन टूट चुकी है और पवित्र जल फूटने को ही है।

इन पोथों का विमोचन भी कम दिलचस्प नहीं होता। हिन्दी के एक लेखक अपनी पुस्तकों के प्रकाशन की धीमी गति से ऐसे

अधीर हुए कि उन्होंने अपना प्रकाशन गृह खोल डाला और अपना एक भारी-भरकम उपन्यास छाप दिया। उपन्यास के लिए वित्त कहाँ से आया होगा यह सोचकर ही रूह काँपती है क्योंकि लेखक लक्ष्मी जी के लाड़ले नहीं थे।

पुस्तक के विमोचन हेतु एक मशहूर बुजुर्ग लेखक आमंत्रित हुए। बुजुर्ग लेखक ने अपने भाषण में जो कहा वह आँख खोलने वाला था। उन्होंने कहा कि उन्होंने वह पुस्तक तो नहीं पढ़ी थी, लेकिन लेखक की अन्य रचनाएं पढ़ी थीं जिनके आधार पर वह कह सकते थे कि ....। यह बुजुर्ग लेखक की ईमानदारी थी कि उन्होंने स्वीकार कर लिया उन्होंने किताब पढ़ी नहीं थी, अन्यथा ऐसे वक्ता भी होते हैं जो पुस्तक को बिना पढ़े उस पर एक घंटा बोलने का माद्दा रखते हैं।

मोटी किताबों के प्रकाशन का गणित साफ है। यदि पाठक को खारिज कर दिया जाए तो मोटी और मँहगी किताबें लेखक, प्रकाशक और अफसरों-बाबुओं के लिए दुबली और सस्ती किताबों के मुकाबले ज़्यादा फायदेमन्द होती हैं। पच्चीस पचास किताबों की खरीद में ही वारे-न्यारे हो जाते हैं।

मोटी पुस्तकें पुरस्कार की दृष्टि से भी अच्छी होती हैं क्योंकि पुरस्कारों के सूत्र जिनके हाथों में होते हैं वे पुस्तकों को बाहर से ही देखते हैं। मोटी किताब रोब पैदा करती है और लेखक के दावे को पुख़्ता करती है। बाकी काम जुगाड़ से होता है जिसके लिए पुस्तक की उपस्थिति ही काफी होती है। पढ़कर विद्वान लेखक के प्रति अविश्वास कौन जताये? विश्वविद्यालयों में भी पीएच.डी. के लिए मोटा पोथा ज़रूरी माना जाता है।

वैसे पढ़ने की बात छोड़ दें तो मोटी पुस्तकों के बहुत से दीगर उपयोग हैं। घर में तकिया न हो तो मोटी किताब ख़ासा सुकून दे सकती है। आम लेखक अहिंसक होता है, घर में असलाह नहीं रखता, इसलिए घर में चोर-लुटेरा घुस आए तो पुस्तक फेंककर उसका जबड़ा तोड़ा जा सकता है। लेकिन इसके लिए पुस्तक का हार्ड बाउंड होना ज़रूरी है। पेपरबैक इस लिहाज से बेकार है।

चलते चलते आम लेखक के लिए यह नसीहत ज़रूरी है कि मोटी पुस्तक अपने खर्चे से न छपवाये वर्ना वह अपना जबड़ा भी तोड़ सकती है।

एक 'सम्मानपूर्ण' सम्मान की ख़त-किताबत

प्रिय ज़ख्मी जी,

जैसा कि सर्वविदित है, हमारी संस्था 'सम्मान उलीचक संघ' प्रति वर्ष इक्कीस लेखकों/ कलाकारों को सम्मानित करती है। इस वर्ष के सम्मान के लिए हमारे द्वारा पूर्व में सम्मानित अंतर्राष्ट्रीय कवि बचईराम ने आपके नाम की सिफारिश की है। उनको आपका गज़ल संग्रह 'रोती गज़लें' बहुत पसन्द आया है। कहते हैं कि उस किताब ने उनको इतना रुलाया है कि अब उसके कवर को देखकर ही उन्हें रोना आ जाता है। आप तत्काल अपना आठ-दस लाइन का बायोडाटा भेज दें। ज़्यादा लंबा न खींचें, अन्यथा हमें छाँटना पड़ेगा।

हम यह बताना ज़रूरी समझते हैं कि सम्मान के लिए आने जाने का भाड़ा आपको स्वयं वहन करना होगा। संस्था इसमें कोई सहयोग नहीं करेगी। भोजन-आवास की व्यवस्था भी स्वयं ही करना होगी। हमारा जिम्मा सिर्फ स्टेज पर आपको सम्मानित करने का होगा।

अगर आप आगे के वर्षों में भी सम्मानित होना चाहें तो संस्था को कम से कम दस हजार रुपया सहयोग-राशि देकर अपना स्थान आरक्षित करा सकते हैं।

फिलहाल आप एक हफ्ते के भीतर संस्था के खाते में ₹500 जमा करके इस वर्ष के लिए अपना पंजीकरण करा लें। सम्मान की तिथि और स्थान की सूचना आपको शीघ्र दी जाएगी।

भवदीय
खैरातीलाल
अध्यक्ष

आदरणीय खैरातीलाल जी,

चरण स्पर्श। प्रणाम।

आपकी संस्था के द्वारा सम्मान का प्रस्ताव पाकर मेरे आनन्द का पारावार नहीं है। आपका प्रस्ताव सर आँखों पर। मेरा ऐसा मानना है कि सम्मान बड़े भाग्य वालों को मिलता है और वह पूर्व जन्म के संचित सुकर्मों का सुफल होता है।

मैंने आपके द्वारा प्रस्तावित सम्मान की सूचना सभी मित्रों-रिश्तेदारों में प्रसारित कर दी है। फेसबुक में भी डाल दी है ताकि मेरे विरोधी पढ़कर जल मरें।

आप मेरे आने-जाने, रुकने-टिकने की चिन्ता न करें। वह सब मैं स्वयं वहन करूँगा। सम्मान के सामने यह सब तुच्छ है। रात भर स्टेशन के मुसाफिरखाने में पड़ा रहूँगा और वहीं कहीं ढाबे में भोजन कर लूँगा। अगर आसपास कोई गुरुद्वारा हो तो वही लंगर छक लूँगा। पिछले सम्मान में तो मैं संस्था के अध्यक्ष के दुआरे पर ही दरी बिछाकर लंबा हो गया था। वह सम्मान बार बार याद आता है। वैसे सच कहूँ तो सम्मान की खबर पाकर मेरी भूख-नींद गायब हो जाती है।

अगले साल के सम्मान के आरक्षण के लिए दस हजार की राशि भी लेता आऊँगा। एक दो मित्र भी अपने सम्मान के लिए आरक्षण कराना चाहते हैं। अगर उन्होंने रकम दे दी तो लेता आऊँगा। पाँच सौ की राशि आपका सन्देश मिलते ही भेज दी थी।

कृपा और स्नेह बनाये रखें, और इसी तरह लेखकों की हौसला अफज़ाई और इज़्ज़त अफज़ाई करते रहें।

विनीत

प्रीतमलाल 'ज़ख़्मी'

बदनाम अगर होंगे तो क्या...

('एक सम्मानपूर्ण सम्मान' का क्षेपक)

'हलो।'

'हलो। सिंह साहब बोल रहे हैं?'

'जी, बोल रहा हूँ।'

'प्रणाम। मैं बाराबंकी से मुन्नालाल वीरान। आठ दस दिन पहले मैंने आपको मुझे मिले सम्मान के बारे में बताया था।'

'जी, याद आया।'

'तो आपने यह जो व्यंग्य फेसबुक पर शायर ज़ख्मी जी के बारे में डाला कि ज़ख्मी जी दस हजार देकर सम्मान करवाते हैं और आने-जाने, खाने-रहने का खर्चा खुद उठाते हैं, यह क्या आपने मेरे सम्मान के हवाले से लिखा है?'

'जी, है तो आप पर ही। आपके सम्मान का किस्सा इतना दिलचस्प था कि मैं अपने को लिखने से रोक नहीं पाया। नाम बदलकर डाल दिया। आपको बुरा लगा क्या?'

'अरे आप गज़ब कर रहे हैं। इसमें बुरा लगने की कौन सी बात है? दरअसल आपकी पोस्ट पढ़कर इतना अच्छा लगा कि मैंने तुरन्त उसके नीचे कमेंट कर दिया कि वह पोस्ट मेरे बारे में है। आपने शायद मेरा कमेंट देखा नहीं। फिर मेरा कमेंट पढ़कर मित्रों के करीब डेढ़ सौ लाइक और बधाइयाँ आ गयीं। कई मित्रों ने फोन से बधाई दी। बड़ा आनन्द आया। मैंने सम्मान देने वाली संस्था को वह पोस्ट अपने कमेंट के साथ भेज दी। वे भी बहुत खुश हैं।'

'आपका फोन देखकर मुझे लगा आपको बुरा लग गया।'

'हद कर दी सर आपने। मैं तो खुश हूं कि आप जैसे प्रतिष्ठित लेखक की बदौलत चार लोगों में मेरा ज़िक्र हुआ। इसी तरह आगे भी याद करते रहें। आपका बहुत आभारी हूँ। मैंने तो आपसे निवेदन किया था कि आप भी इसी संस्था से अपना सम्मान करवा लें, लेकिन आपने कोई जवाब नहीं दिया।'

'जी, फिलहाल मैं अपने को किसी सम्मान के लायक नहीं समझता। जब अपने को इस लायक समझूँगा तब बताऊँगा।'

'यह आपका बड़प्पन है। चलिए ठीक है। जैसी आपकी मर्जी। प्रणाम।'

'प्रणाम।'

नेताजी की मुक्ति

नेताजी डेढ़ महीने से सख्त बीमार हैं। मरणासन्न हैं। अस्पताल वालों ने चार दिन पहले छुट्टी दे दी है। कहा कि अब कोई उम्मीद नहीं है, इसलिए घर में ही प्राण त्यागें। अस्पताल में मरेंगे तो चेले-चपाटी झूठा दुख दिखाने के चक्कर में अस्पताल में तोड़फोड़ करेंगे। लाखों का नुकसान होगा। इसलिए घर में ही आखिरी साँस लें। अस्पताल वालों की जान सलामत रहे।

घर में सब लोग नेताजी की रवानगी की प्रतीक्षा कर रहे हैं। चमचे चौबीस घंटे ड्यूटी कर रहे हैं। भीतर भीतर कसमसा भी रहे हैं कि इनसे निपटें तो किसी दूसरे 'उगते सूरज' की सेवा में लगें। अब इनसे क्या मिलने वाला है?

नेताजी के दो बेटे हैं। बड़ा विधायक होकर राज्य के भ्रष्टाचार विकास निगम का अध्यक्ष हो गया है। छोटे के टिकट के लिए नेताजी पसीना बहा रहे थे कि अचानक बीमार हो गये। सब मंसूबे धरे रह गये। बिना चौखट पर दस बार माथा टेके कौन काम करेगा?

अब सब सोच रहे हैं कि नेता जी आराम से विदा हो जाएँ तो अच्छा। चार दिन से धरे हैं लेकिन प्राण पता नहीं कहाँ अटके हैं। मित्रों की सलाह पर उन्हें जगह बदल बदल कर लिटाया जा रहा है क्योंकि ऐसी मान्यता है कि अपनी पसन्द की जगह पर प्राण आसानी से निकलते हैं। इसीलिए बहुत से लोग अन्तिम समय में काशीवास करते हैं। लेकिन नेताजी के मामले में सब कोशिशें निष्फल हो रही हैं और मित्र-समर्थक समय व्यर्थ जाते देख खीझ में भुनभुना रहे हैं। एक कह रहे हैं, 'इनका कोई काम टाइम से नहीं होता। हर जगह लेट होते हैं।' दूसरे कहते हैं, 'कम से कम वहाँ तो टाइम से पहुँच जाते।'

पार्टी के अध्यक्ष भी रोज एक चक्कर लगा जाते हैं। मामला लंबा खिंचते देख उनका भी मुँह बिगड़ता है। चौथे दिन उनका सब्र टूट

गया। चेलों से भुनभुनाये, 'अब यहीं अटके रहें क्या? और भी दस काम पड़े हैं। '

चौथे दिन उन्होंने वहाँ हाज़िर दो चार साथियों से गुपचुप सलाह ली। फिर एक विश्वासपात्र चेले को बुलाया और उसके कान में कुछ मंत्र फूँका। चेला धीरे-धीरे नेताजी के बिस्तर के पास गया और उनके कान के पास मुँह लाकर बोला, 'टिकट मिल गया। '

नेताजी ने भक से आँखें खोल दीं। दोनों हाथ जोड़कर बुदबुदाये, 'मेरा जीवन सार्थक हो गया। प्रभु को धन्यवाद। पार्टी को भी बहुत धन्यवाद। '

इतना बोलने के बाद उनकी आँखें मुँद गयीं। बहुत दिनों से छटपटा रही आत्मा अपने लिए निर्दिष्ट लोक को उड़ गयी।

अध्यक्ष जी का चेला बाहर निकला तो नेताजी के चेलों ने उसकी गर्दन पकड़ी, कहा, 'तू झूठ क्यों बोला? अभी टिकट कहाँ मिला है? '

अध्यक्ष जी ने बीच-बचाव किया, बोले, 'उनके मन की शान्ति के लिए बोल दिया तो क्या बुरा किया? अब ये आपसी विवाद छोड़ो और सब लोग सरजू भाई की आत्मा की शान्ति के लिए प्रार्थना करो। '

एक रहस्यमय मौत

नवीन भाई का स्वास्थ्य कुछ दिनों से नरम-गरम चल रहा है। ब्लड-प्रेशर ऊपर नीचे हो रहा है। सत्तर पार की उम्र हुई, इसलिए कई लोगों के हिसाब से यह स्वाभाविक है।

डॉक्टर कहता है कि दवा के अलावा भी कुछ और उपाय अपनाने चाहिए। खाने में नमक कम करें, तनाव से बचें, नींद पूरी लें, चीज़ों को ज़्यादा गंभीरता से न लें, योगा करें, ध्यान करें, प्राणायाम करें, जब टाइम मिले आँखें मूँद कर शान्त बैठें, चिन्ता के लिए दरवाज़ा न खोलें।

नवीन भाई की रुचि कभी अध्यात्म में नहीं रही। पूजा-पाठ के लिए नहीं बैठते। परिवार के ठेलने पर सबके साथ मन्दिर चले जाते हैं। तीर्थ यात्रा पर भी परिवार के पीछे-पीछे चले जाते हैं। मित्रों से सत्संग करने की सलाह मिलती है तो हँसकर 'मोमिन' का शेर सुना देते हैं--- 'आख़िरी वक्त में क्या ख़ाक मुसलमाँ होंगे।'

नवीन भाई संवेदनशील व्यक्ति हैं। किसी की भी पीड़ा सुनकर द्रवित हो जाते हैं। किसी के भी साथ हुए अन्याय को पढ़कर अस्थिर हो जाते हैं। कई बार क्रोध का उफ़ान उठता है। बेचैन हो जाते हैं। शायर अमीर 'मीनाई' के शेर को चरितार्थ करते हैं--- 'खंजर चले किसी पे तड़पते हैं हम अमीर, सारे जहाँ का दर्द हमारे जिगर में है।' परिवार वालों का सोचना है कि यह अनावश्यक 'पर-दुख कातरता' ही उनके ब्लड-प्रेशर बढ़ने की वजह है।

अब नवीन भाई डॉक्टर की हिदायतों का पालन करने की कोशिश करते हैं। जब खाली होते हैं तो आँखें मूँद कर बैठ जाते हैं। परेशान करने वाले विचारों को ठेलने की कोशिश करते हैं। यूक्रेन, इज़रायल-गाज़ा, मणिपुर, उज्जैन, उन्नाव, हाथरस, लखीमपुर खीरी, जंतर मंतर, किसानों की आत्महत्या, परीक्षाओं के पेपर की लीकेज, बेरोज़गारी, भुखमरी, असमानता, वैज्ञानिक सोच को छोड़कर बाबाओं के दरबार में जुटती नयी पीढ़ी, नेताओं के झूठ और पाखंड, जाति-धर्म

के दाँव-पेंच--- ये सारे प्रेत बार-बार उनके दिमाग पर दस्तक देते हैं और वे बार-बार उन्हें ढकेलते हैं। अखबार और टीवी में परेशान करने वाली खबरों और दृश्यों को देखकर अब आँखें फेर लेते हैं। मित्रों के दुखड़े एक कान से सुनकर दूसरे से निकालने की कोशिश करते हैं।

धीरे-धीरे नवीन भाई को सफलता मिलने लगी। उन्हें घेरने और परेशान करने वाले प्रेतों की आमद कम होने लगी। दिमाग हल्का रहने लगा। अब वे घंटों आँखें मूँदे बैठे रहते। कहीं कोई परेशान करने वाला विचार नहीं। 'मूँदौ आँख कतउँ कोउ नाहीं।' ब्लड-प्रेशर ने नीचे का रुख किया। घर वाले भी निश्चिन्त हुए।

अब नवीन भाई का दिमाग बिना अधिक श्रम के चिन्तामुक्त, विचारमुक्त रहने लगा। आँख मूँदते ही समाधि लग जाती। दिमाग में सन्नाटा हो जाता। कभी-कभी नींद लग जाती। घर वाले भी उन्हें तभी हिलाते-डुलाते जब स्नान-भोजन का वक्त होता।

एक दिन नवीन भाई की समाधि अखंड हो गयी। आँखें मूँदीं तो फिर खुली ही नहीं। घर वालों ने हिलाया डुलाया तो ढह गये।

डॉक्टर परेशान है कि जब ब्लड-प्रेशर करीब करीब नॉर्मल हो गया तो नवीन भाई की मृत्यु अचानक कैसे हो गयी। यह अब भी रहस्य बना हुआ है।

लेखक-पाठक प्रेमपूर्ण संवाद

'हैलो, चतुर बोल रहे हैं? '

'जी, आपका सेवक चतुरा। चरण स्पर्श। सबेरे सबेरे कैसे स्मरण किया? '

'भैया, तुम बड़े चतुर हो गये हो। बिना पढ़े रचना पर 'लाइक' ठोकते हो। अभी मैंने रचना फेसबुक पर डाली, और पाँच सेकंड में तुम्हारा 'लाइक' प्रकट हो गया। तीन पेज की रचना पाँच सेकंड में पढ़ ली? लेखक को मूर्ख बनाते हो? '

'कैसी बातें करते हैं गुरुदेव! हम तो आपकी दो लाइनें पढ़ते ही पूरी रचना के मिजाज़ को पकड़ लेते हैं। एक चावल को टटोलकर पूरी हंडी का जायज़ा ले लेते हैं। आप जैसे हर-दिल- अज़ीज़ लेखक को पूरा पढ़ने की ज़रूरत ही नहीं होती। आपने वह कहावत सुनी होगी कि ख़त का मज़मूँ भाँप लेते हैं लिफाफा देखकर। और फिर आपकी तारीफ करने के मामले में हम किसी से पीछे क्यों रहें? हम तो आपके पुराने मुरीद हैं। सच कहूँ तो आपका नाम देखते ही उँगलियाँ 'लाइक' दबाने के लिए फड़कने लगती हैं। '

'अरे भैया, तो पाँच दस मिनट बाद भी 'लाइक' ठोक सकते हो ताकि लेखक को लगे कि रचना पढ़ी गयी। तुम्हारा झूठ तो सीधे पकड़ में आता है। मेरे अलावा दूसरे भी समझते हैं। '

'गलती हो गई गुरु। आइन्दा पाँच दस मिनट बाद ही 'लाइक' मारूँगा। '

'पढ़ कर। '

'बिलकुल गुरुदेव, पढ़कर ही मारूँगा। आप भरोसा रखें। इस बार की भूल को चित्त में न धरें। '

गुरूजी का अमृत महोत्सव

परमप्रिय शिष्य मन्नू,

स्वस्थ रहो और गुरुओं की सेवा के योग्य बने रहो। मेरा आशीर्वाद सदा तुम्हें प्राप्त है।

आगे बात यह कि तुम्हें मालूम है कि जनवरी में मैं 75 वर्ष पार कर रहा हूँ। मुझे विश्वास है कि तुम जैसे मेरे सारे शिष्य मेरा अमृत महोत्सव मनाने के लिए अकुला रहे होंगे। तुम जैसे शिष्यों के होते हुए मेरा अमृत महोत्सव शानदार होगा इसमें मुझे रंच मात्र भी सन्देह नहीं है।

मेरा विचार है कि इस उत्सव की सफलता के लिए तुम मेरे निष्ठावान 50-60 शिष्यों से 10-10 हजार रुपये एकत्रित कर लो। उनसे कहना कि उनकी गुरुभक्ति की परीक्षा है और गुरु-ऋण चुकाने का अवसर आ गया है। इससे लगभग पाँच लाख रुपया प्राप्त हो जाएगा। इसमें से कुछ मेरे अभिनन्दन ग्रंथ पर खर्च होगा जो कम से कम छः सात सौ पेज का होना चाहिए।

अभिनन्दन ग्रंथ के लिए लेख मैं खुद ही लिखूँगा क्योंकि मुझसे बेहतर मुझे कौन जानता है? दूसरों को देने से लोग कई बार ऊटपटाँग लिख देते हैं जिससे मन खिन्न हो जाता है। मैंने 30-35 लेख लिख भी लिये हैं। ये सभी लेख मेरे शिष्यों के नाम से छपेंगे। बचपन से लेकर अभी तक के सारे फोटो निकाल लिये हैं जिन्हें अभिनन्दन ग्रंथ में स्थान मिलेगा।

मेरे खयाल से अभिनन्दन ग्रंथ और दीगर खर्चों के बाद दो ढाई लाख रुपया बच जाएगा। मेरा विचार है कि उस राशि को मियादी जमा में डालकर उसके ब्याज से एक ग्यारह हजार रुपये का पुरस्कार मेरे नाम से स्थापित किया जाए जो मेरे स्वर्गवासी होने के बाद भी चलता रहे। यह पुरस्कार प्रति वर्ष मेरे किसी शिष्य को ही दिया जाए ताकि मेरे जाने के बाद भी मेरे शिष्यों की भक्ति मेरे प्रति

बनी रहे। इस पुरस्कार के प्रबंध की सारी जिम्मेदारी तुम्हारी होगी। इसमें कभी गफलत हुई तो तुम्हें पाप के साथ-साथ मेरा शाप लगेगा।

तो अब विलंब न करके काम पर लग जाओ। मुझे भरोसा है कि तुम हमेशा की तरह मेरे सुयोग्य शिष्य साबित होगे।

स्नेही
अनोखेलाल 'सिद्ध'

लेखक का सन्ताप

(1)

आदरणीय तुलाराम जी,

सादर प्रणाम।

मैं पिछले चालीस साल से कलम का मजदूर बना हुआ हूँ। अब तक सात उपन्यास और तेइस कहानी संग्रह निकल चुके हैं। मेरे लेखन के प्रसंशकों की अच्छी खासी संख्या है। लेकिन मैं इसे ऊपर वाले की कृपा मानता हूँ, वर्ना मेरे जैसे आदमी की औकात ही क्या है।

आप प्रतिष्ठित समीक्षक हैं। बहुत लोगों से आपकी समीक्षा की तारीफ सुनी है। मेरे मित्र कहते हैं की आपकी समीक्षा लेखकों के लिए बहुत फायदेमन्द होती है।

मैं अपना सद्यप्रकाशित उपन्यास 'ऊँट और पहाड़' आपकी सेवा में समीक्षा के लिए भेज रहा हूँ। मेरे मित्रों की राय में यह बहुत उच्च कोटि का उपन्यास है। कुछ मित्र इसे दास्तायवस्की के 'कारामाजोव ब्रदर्स' की टक्कर का मानते हैं। अब आप निर्णय करें की वह किस स्तर का है। मैं आपकी समीक्षा तीन-चार अच्छी पत्रिकाओं में छपवा दूँगा। मेरे कई संपादकों से प्रेम-संबंध हैं, इसलिए दिक्कत नहीं होगी। समीक्षा जल्दी कर देंगे तो आपका आभारी हूँगा।

आपका

छेदीलाल 'इंकलाबी'

(2)

प्रिय तुलाराम जी,

कल आपकी लिखी समीक्षा मिली। पढ़ कर बहुत निराशा हुई। आपने मेरे बहुचर्चित और लोकप्रिय उपन्यास को बचकानी और दिशाहीन बताया है जिससे मुझे गहरा आघात लगा है। अब मेरी समझ में आ गया कि लोग झूठमूठ ही आपकी तारीफ करते हैं, आप में तो

निरक्षर आदमी के बराबर भी समझ नहीं है। मेरी समझ में नहीं आ रहा है कि आप जैसा अनाड़ी आदमी समीक्षा का महत्वपूर्ण काम कैसे कर रहा है। मुझे ऐसा लगता है कि आप समीक्षा करने के बजाय भाड़ झोंकते हैं। मैं आपके खिलाफ अभियान चलाऊँगा।

आपने लिखा है कि मेरी भाषा कमजोर है। आपने लिखा है कि मैंने कई जगह 'स्थिति' को 'स्तिथि', 'प्रवृत्ति' को 'प्रवर्ती', 'प्रशंसा' को 'प्रसंशा' और 'तरन्नुम' को 'तरुन्नम' लिखा है जो मेरी भाषा की अनभिज्ञता को दिखाता है। आपने यह भी लिखा है कि मैं 'कि' के स्थान पर 'की' लिखता हूँ जो बड़ी गलती है। यह सब फालतू मीन-मेख निकालने की बात है। भाषा की छोटी-मोटी गलतियाँ निकलने से कोई किताब बेकार नहीं हो जाती।

जाहिर हुआ कि आप मेरे प्रति दुर्भाव रखते हैं और किसी ने आपको मेरे खिलाफ भड़काया है। वर्ना आप मेरे स्तर के लेखक की किताब को इस तरह खारिज न करते।

आपकी लिखी समीक्षा मैंने डस्टबिन में डाल दी है। अब किसी दूसरे समझदार समीक्षक से लिखवाऊँगा। अभी साहित्य में समझदार समीक्षकों की कमी नहीं है।

भवदीय,
छेदीलाल 'इंकलाबी'

नये तौर की समीक्षा

भाई छेदीलाल इस वक़्त समीक्षक के रूप में साहित्य के आकाश में छाये हुए हैं। शेक्सपियर ने लिखा है कि कुछ लोग जन्म से महान होते हैं, कुछ महानता अर्जित कर लेते हैं और कुछ के ऊपर महानता लाद दी जाती है। भाई छेदीलाल इस वर्गीकरण में तीसरी श्रेणी के महान कहे जा सकते हैं।

हुआ यूँ कि उनके आदरणीय जीजा रामभरोसे 'मायूस' ने एक गज़ल-संग्रह छपवाया। शीर्षक दिया 'जुल्फों के असीर'। फिर उन्होंने साहित्यिक वातावरण की नब्ज़ टटोल कर अपने अज़ीज़ साले छेदीलाल से कहा कि, हे भाई, साहित्य में आजकल दूसरों से समीक्षा कराना निरापद नहीं है। लोग जाने कहाँ-कहाँ का बदला निकालने लगते हैं। आप हमारी अर्धांगिनी के भाई होने के नाते भरोसे के आदमी हैं। आप मेरे गज़ल संग्रह की समीक्षा करें। छपाने की ज़िम्मेदारी मेरी। आजकल अखबारों-पत्रिकाओं में लेख की क्वालिटी नहीं, लेखक-संपादक संबंध काम आते हैं। मुझे भरोसा है कि आप अपनी समीक्षा में मेरी और अपनी बहन की प्रतिष्ठा की पूरी रक्षा करेंगे। मदद के लिए मैं ज़रूरी किताबें और शब्दकोश उपलब्ध करा दूँगा। '

जीजा जी साले साहब के पास ज़रूरी किताबें पटक गये और साले साहब ने अपनी वफादारी का सबूत देते हुए शब्दकोश से 'अद्भुत', 'अद्वितीय', 'अतुलनीय', 'अकल्पनीय', 'विरल', 'स्तब्धकारी', 'नायाब', 'बेमिसाल', 'रोमांचक' जैसे 'सुपरलेटिव' विशेषणों का उत्खनन कर जीजाजी की किताब को झाड़ पर चढ़ा दिया। बदले में उन्हें जीजा जी और जीजी का भरपूर आशीर्वाद प्राप्त हुआ।

तब से भाई छेदीलाल समीक्षक के रूप में प्रकाश में आये और फिर उनके पास धड़ाधड़ समीक्षा के लिए आतुर लेखकों की किताबें आने लगीं। भाई छेदीलाल अपने बनाये फार्मूले के हिसाब से

फटाफट किताबों को निपटा देते थे। चार छः पन्ने पढ़कर काम लायक सामग्री निकाल लेते थे।

जीजा जी की किताब मिलने पर भाई छेदीलाल ने उनसे 'असीर' का मतलब पूछा था। 'असीर' का मतलब 'कैदी' या 'बन्दी' जानने के बाद उन्होंने अपनी शंका पेश की थी कि 'जुल्फों के असीर' से उनका मकसद उन जीव-जन्तुओं से तो नहीं है जो अक्सर जुल्फों में बसेरा करते हैं। तब ज्ञानी जीजा जी ने उन्हें समझाया था कि 'जुल्फों के असीर' से उनका मतलब उन आशिकों से है जो महबूबा की जुल्फों में पनाह लेते हैं और वहीं पड़े शैंपू, हेयर लोशन, हेयर कंडीशनर वगैरः की खुशबू लेते रहते हैं। उन्होंने साले साहब को एक फिल्मी गाने की दुख भरी लाइन भी सुनायी--- तेरी जुल्फों से जुदाई तो नहीं माँगी थी, कैद माँगी थी रिहाई तो नहीं माँगी थी। '

मुख़्तसर यह कि भाई छेदीलाल समीक्षक के रूप में स्थापित हो गये और अनेक लेखकों के लिए 'आदरणीय' और 'फादरणीय' हो गये।

ताज़ा किस्सा यह है कि भाई छेदीलाल ने एक कथाकार 'निर्मोही' जी के संग्रह की समीक्षा लिखी है जो उनकी समीक्षा के मयार को दर्शाती है। समीक्षा इस तरह है---

'मेरे सामने श्री गिरधारी लाल 'निर्मोही' का कथा-संग्रह 'बुझा बुझा मन' है। संग्रह में बीस कहानियाँ हैं जिनके शीर्षक उत्सुकता जगाते हैं।

'पहले बात किताब के आवरण की की जाए। आवरण सुन्दर बन पड़ा है। लगता है कश्मीर के पहलगाम का दृश्य है। नदी अठखेलियाँ कर रही है और नदी के पार ढाल पर लंबे-लंबे वृक्ष दिखाई पड़ रहे हैं जो आश्चर्यचकित करते हैं। बहुत से लोग जो शायद पर्यटक होंगे, पानी के बीच में चट्टानों पर बैठे हैं या मोबाइल पर फोटो ले रहे हैं। लहरों का फेन साफ दिखाई पड़ता है। कुल मिलाकर आवरण मनमोहक बन पड़ा है जो पुस्तक की तरफ पाठक का ध्यान खींचने में सहायक है।

'पुस्तक के आरंभ में दो भूमिकाएँ हैं जो दो विद्वानों के द्वारा लिखी गयी हैं। एक लखनऊ के विद्वान डा. रामनिहोर हैं और दूसरे

पटना के पन्नालाल 'बेचैन'। ये दोनों समीक्षक लेखकों में बहुत लोकप्रिय हैं क्योंकि ये लेखकों को दुखी करना पाप मानते हैं। डा. रामनिहोर ने संग्रह की कहानियों के बारे में लिखा है--- जाने-माने कथाकार 'निर्मोही' जी के नये संग्रह 'बुझा बुझा मन' से रूबरू हूँ। संग्रह की कहानियों के बारे में क्या कहूँ? कहानियों को पढ़कर लेखक का ज्ञान और जीवन की उनकी समझ चमत्कृत करती है। गाँवों का ऐसा चित्रण है कि एक-एक फ्रेम नुमायाँ हो जाता है। चरित्रों का चित्रण भी अद्भुत है। एक-एक चरित्र जीवन्त हो जाता है। कई चरित्र ऐसे यादगार बन पड़े हैं जैसे अंग्रेज़ उपन्यासकार चार्ल्स डिकेंस के चरित्र। जो पढ़ेगा उसके लिए उन्हें भूलना कठिन होगा। मैंने संग्रह की आधी कहानियाँ पढ़ी हैं और उसके आधार पर मैं विश्वासपूर्वक कह सकता हूँ कि यह संग्रह लेखक के लिए बहुत मान-सम्मान अर्जित करेगा।

'श्री पन्नालाल 'बेचैन' ने लिखा है--- इस संग्रह की कहानियाँ पढ़ने वाले को दूसरे ही धरातल पर ले जाती हैं जहाँ अपनी जानी पहचानी दुनिया को समझने के लिए एक नई दृष्टि अनावृत्त होती है। लेखक हमारी परिचित दुनिया को एक नयी समझ के साथ हमारे सामने प्रस्तुत करता है। मैंने संग्रह की बीस कहानियों में से आठ कहानियों को पढ़ा है और इन आठ कहानियों ने ही मुझे लेखक की क्षमता से पूरी तरह परिचित करा दिया। इन्हें पढ़कर मैं पूरे विश्वास के साथ कह सकता हूँ कि लेखक का भविष्य बहुत उज्ज्वल है।

'पुस्तक में रचना-क्रम पर नज़र डालें तो वह दोषहीन है। छपाई में कोई प्रूफ की गलती पकड़ में नहीं आती। रचनाओं की क्रम संख्या और पृष्ठ संख्या बिल्कुल सही है।

'जहाँ तक मेरी बात है, मैंने संग्रह की दो कहानियाँ पढ़ ली हैं। इनमें से पहली कहानी 'रिसते ज़ख्म' है जिसने मुझे बहुत प्रभावित किया है। कहानी के नायक राकेश और उसकी पत्नी सुमन के बीच गलतफहमियों और फिर उनके बीच सुलह का लेखक ने बहुत खूबसूरत चित्रण किया है। कहानी का अन्त पाठक को झकझोर देता है। दूसरी कहानी 'उलझे धागे' भी बहुत प्रभावशाली है। इसमें नायिका की परिवार और नौकरी के बीच खींचतान को बहुत बारीकी से चित्रित किया गया है। कहानियों की भाषा दोषहीन है और वह

लेखक की अध्ययनशीलता को प्रमाणित करती है। शीघ्र ही मैं बाकी कहानियाँ पढ़कर अपनी राय जाहिर करूंगा। मुझे पूरा भरोसा है कि लेखक साहित्य में ऊँचा मुकाम हासिल करेगा। मेरी शुभकामनाएँ लेखक के साथ हैं। '

सुरक्षित सम्मान की गारंटी

नगर के जाने-माने लेखक छोटेलाल 'नादान' इस वक्त अपने सम्मान के लिए सम्मान- समारोह में बैठे हैं। सम्मान नगर की जानी मानी संस्था 'अभिशोक' के द्वारा हो रहा है। 'अभिशोक' लेखकों के लिए दो ही काम करती है --अभिनन्दन और शोकसभा। इसीलिए संस्था का नाम 'अभिशोक'। फिलहाल अभिनन्दन और सम्मान का कार्यक्रम चल रहा है।

'अभिशोक' संस्था प्रतिवर्ष इक्कीस लेखकों का सम्मान करती है। इस बार के इक्कीस में 'नादान' जी भी शामिल हैं। साल में कई बार संस्था के पदाधिकारियों के घुटने और ठुड्डी छू कर उन्होंने इस साल के इक्कीस में अपनी जगह सुनिश्चित की। अब वे अपनी पुलक दबाये स्टेज पर प्रतीक्षारत बैठे हैं।

सम्मान कार्यक्रम शुरू हो गया है लेकिन 'नादान' जी का नंबर सत्रहवाँ है। एक-एक सम्मानित के सम्मान में समय लग रहा है क्योंकि कई सम्मानित अपने परिवार को साथ लाये हैं जो सम्मान बँटाने और फोटो खिंचाने के लिए स्टेज पर पहुँच जाते हैं। कई सम्मानित भावुक होकर परिवार के लोगों से लिपटकर रोने लगते हैं। इसीलिए कार्यक्रम मंथर गति से चल रहा है।

'नादान' जी अपनी जगह कसमसा रहे हैं। सम्मान में होते विलम्ब के साथ धीरज छूट रहा है। बार-बार माथे का पसीना पोंछते हैं। दिल की धड़कन असामान्य हो रही है।

अन्ततः 'नादान' जी का नंबर आया और वे हड़बड़ा कर उठे। आगे बढ़ने से पहले अचानक सीने में दर्द उठा और वे वापस कुर्सी में ढह गये। अचेत हो गये। लोग उन्हें उठाकर अस्पताल ले गये। दो घंटे की कोशिशों के बाद डाक्टरों ने उन्हें स्वर्गवासी घोषित कर दिया।

'नादान' जी की चेतना लौटी तो देखा सामने एक छोटे से सिंहासन पर एक सयाने सज्जन बैठे हैं और उनके आजू-बाजू चार छः लोग अदब से खड़े हैं। पता चला सिंहासन पर बैठे सज्जन चित्रगुप्त थे।

चित्रगुप्त जी थोड़ी देर तक अपने बही खाते के पन्ने पलट कर बोले, 'आपके नाम का पन्ना मिल गया है। अभी आप एक-दो दिन विश्राम करेंगे। तब तक हम आपकी जिन्दगी का जमाखर्च देख लेंगे। उसी हिसाब से आपके भविष्य का फैसला होगा। '

'नादान' जी दुख और गुस्से से भरे बैठे थे। क्रोध में बोले, 'वह सब ठीक है। हमें पता है कि एक दिन सबको यहाँ आना है, लेकिन यह क्या बात हुई कि आपने सम्मान से पहले यहाँ उठा लिया? क्या आपके दूत सम्मान का कार्यक्रम खत्म होने तक रुक नहीं सकते थे? आपको शायद पता नहीं कि पृथ्वी पर लेखक को सम्मान कितनी मुश्किल से मिलता है, कितने तार जोड़ने पड़ते हैं। '

चित्रगुप्त जी नरम स्वर में बोले, 'वह सब माया है। यहाँ आने का समय सबके लिए नियत है। उसमें फेरबदल नहीं हो सकता। '

'नादान' जी ने तुर्की-ब-तुर्की जवाब दिया, 'सब कहने की बातें हैं। आपके यहाँ रसूखदार लोगों के लिए सब एडजस्टमेंट हो जाते हैं। मनचाहा एक्सटेंशन भी मिल जाता है। सिर्फ हमीं जैसे लोगों के लिए 'राई घटै, ना तिल बढ़ै' की बात की जाती है। '

चित्रगुप्त जी ने अपनी पोथी से सिर उठाकर पूछा, 'कौन सा पक्षपात किया हमने? '

'नादान' जी बोले, 'एक हो तो बताऊँ। भीष्म पितामह को इच्छा-मृत्यु का वरदान कैसे मिला? उन्होंने अपने पिता का विवाह सत्यवती से कराने के लिए आजीवन अविवाहित रहने का प्रण लिया ताकि सत्यवती की सन्तान ही उनके पिता के बाद सिंहासन पर बैठे। इसी से प्रसन्न होकर राजा ने भीष्म को इच्छा-मृत्यु का वरदान दिया और भीष्म ने 58 दिन तक शर-शैया पर लेटे रहने के बाद शरीर छोड़ा। क्या यह आपकी सहमति के बिना हो सकता था?

'दूसरा केस राजा ययाति का है। यमराज कई बार उनके प्राण लेने के लिए पहुँचे और उन्होंने कई बार उनकी खुशामद करके मृत्यु टाल दी। उन्होंने अपने पुत्र की जवानी माँग ली और फिर हजारों साल तक सांसारिक सुखों को भोगा। यह सब क्या आपकी सहमति के बिना संभव था? '

चित्रगुप्त असमंजस में अपना सिर खुजाने लगे। फिर बोले, 'अब ये सब बातें मत उठाओ। तुम्हारा शरीर तो जल गया, इसलिए तुम्हें उस शरीर में वापस नहीं भेज सकते। अब क्या चाहते हो?'

'नादान' जी बोले, 'अब यह नीति बनाइए कि किसी लेखक को सम्मान के बीच में नहीं उठाया जाएगा। आपके दूतों को हिदायत दी जाए कि जब सम्मानित अपने घर पहुँच कर परिवार और इष्ट-मित्रों को सम्मान-पत्र दिखाकर खुश और गर्वित कर दे उसके बाद ही आपकी कार्यवाही हो।'

चित्रगुप्त जी बोले, 'ठीक है, मैं ऊपर बात करूँगा, लेकिन ये पुरानी बातें उठाना बन्द करो।'

दो दिन बाद मुनादी हो गयी कि मर्त्यलोक में किसी भी लेखक को सम्मान के कार्यक्रम के बीच में नहीं उठाया जाएगा।

यह सूचना पृथ्वी पर पहुँचने पर समस्त लेखक समुदाय हर्षित हुआ। यह इत्मीनान हुआ कि लेखक के सम्मान के दौरान दैवी शक्तियों के द्वारा कोई विघ्न-बाधा उपस्थित नहीं की जाएगी। किसी सम्मानित का ऊपर से बुलावा आएगा तो यमदूत सम्मान-कार्यक्रम खत्म होने तक कहीं बैठकर इन्तज़ार कर लेंगे।

साहित्य में फौजदारी तत्व

मुकुन्दीलाल 'दद्दा' नगर के सयाने कवि हैं। वैसे 'दद्दा' हर विधा में दखल रखते हैं। रचना की कूवत यह कि रात भर में सौ डेढ़-सौ पन्ने की किताब लिखकर फेंक देते हैं। अब तक तिरपन किताबें छपवा चुके हैं। नगर के साहित्यकारों में उनका पन्द्रह बीस का गुट है जो उन्हें 'दद्दा' कह कर पुकारते हैं। इसीलिए मुकुन्दीलाल जी ने अपना उपनाम ही 'दद्दा' रख लिया है।

'दद्दा' के गुट के लोग उनके प्रति समर्पित हैं। उनके इशारे पर उनके विरोधियों पर शब्द-बाण चलाते हैं। ज़रूरत पड़ने पर असली लाठी भाँजने को भी तैयार रहते हैं। तीन-चार सेवाभावी चेले सबेरे गुरु जी के घर पहुँच जाते हैं। गुरुपत्नी के आदेश पर बाजार से सौदा-सुलुफ ले आते हैं।

'दद्दा' के शिष्यों का उनके प्रति भक्ति-भाव ऐसा है कि उन्होंने आपस में निर्णय कर लिया है कि 'दद्दा' के स्वर्गवासी होने पर उनकी मूर्ति नगर के किसी चौराहे पर लगवाएँगे, जैसी साहित्यकारों की मूर्तियाँ रूस में लगी हैं। साथ ही यह निर्णय हुआ है कि 'दद्दा' के घर की गली को 'दद्दा मार्ग' का नाम भी दिलाया जाएगा। 'दद्दा' के स्वर्गवासी होते ही इस दिशा में युद्ध-स्तर पर काम शुरू हो जाएगा।

फिलहाल खबर यह है कि 'दद्दा' जी को लेकर एक सनसनीखेज़ घटना घट गयी। नगर के गांधी भवन में 'दद्दा' की चौंवनवी किताब पर कार्यक्रम था। किताब 'दद्दा' के निबंधों की थी। शीर्षक था 'दद्दाजी कहिन'। किताब पर बोलने के लिए 'दद्दा' जी के एक शिष्य ने नागपुर के एक विद्वान श्री विपिन बिहारी 'निर्मम' का नाम सुझाया था। 'निर्मम' जी की स्वीकृति भी प्राप्त हो गयी थी और उन्हें किताब भेज दी गयी थी।

'दद्दा' जी के चेलों ने कार्यक्रम की पूरी तैयारी की थी। चालीस पचास लोगों को बार-बार फोन करके खींच लाये। एक

भूतपूर्व मंत्री को अध्यक्षता के लिए ले आये। सभी स्थानीय अखबारों में समाचार दे दिया।

कार्यक्रम के संचालक 'दद्दा' जी के शिष्य थे। उन्होंने 'दद्दा' जी का परिचय देते हुए उन्हें प्रेमचंद और 'प्रसाद' की पाँत का लेखक बता दिया। इसके बाद बोलने की बारी 'निर्मम' जी की आयी। उन्होंने शुरू में किताब की खूबियाँ बतायीं, फिर खामियों पर आ गये।

'निर्मम' जी ने कहा कि 'दद्दा' जी की भाषा अच्छी और प्रभावशाली है, लेकिन उनके सोच में आधुनिकता और वैज्ञानिकता का अभाव दिखता है। कई निबंधों में उनकी सोच रूढ़िवादी दिखायी पड़ती है। दुनिया अब बहुत आगे बढ़ गयी है और आदमी के जीवन और व्यवहार में आमूल-चूल परिवर्तन हो गये हैं। 'दद्दा' जी इन परिवर्तनों को उस हद तक नहीं पकड़ सके हैं जैसी उनसे उम्मीद थी।

'निर्मम' जी अभी बोल ही रहे थे कि श्रोताओं में से 'दद्दा' जी के एक शिष्य ने उठकर उनके हाथ से माइक छीन लिया, बोला, 'आप यह बकवास बन्द करें। आपमें 'दद्दा' जी के लेखन को समझने की क्षमता नहीं है। 'दद्दा' जी को समझने के लिए बहुत गहरे उतरना पड़ता है। यह काम आपके बस का नहीं है। हमसे गलती हुई जो इस कार्यक्रम में आपको बुला लिया। '

'निर्मम' जी सिटपिटाकर बैठ गये। श्रोताओं में से एक चिल्लाकर बोला, 'आप बाहर आइए। हम आपका आलोचना का सारा भूत उतार देंगे। आपकी इतनी हिम्मत कि हमारे 'दद्दा' जी की आलोचना करते हैं? बाहर निकलिए, फिर हम आपको बताते हैं। '

'निर्मम' जी भयभीत होकर कुर्सी में धँसे रह गये। जैसे तैसे अध्यक्ष जी का भाषण हुआ। कार्यक्रम समाप्त होने पर 'दद्दा' जी के शिष्य बाहर 'निर्मम' जी का 'अभिनन्दन' करने के लिए उनका इन्तज़ार करने लगे।

'निर्मम' जी ने हवा का रुख भाँप लिया। 'दद्दा' जी के जिन शिष्य ने उन्हें बुलाया था उनसे 100 नंबर पर फोन कराके पुलिस की मदद माँगी। थोड़ी देर में पुलिस की जीप आ गयी और उनकी कैफियत लेकर उन्हें रेलवे स्टेशन ले गयी जहाँ उन्हें रेलवे पुलिस की अभिरक्षा में सौंप दिया गया। कार्यक्रम स्थल से जीप चली तो पीछे

से 'दद्दा' जी के शिष्य चिल्लाये, 'बच्चू, इस बार तो बच गये। अगली बार हमारे शहर में आओगे तो बिना पूजा कराये नहीं जा पाओगे। '

रेलवे पुलिस के थाने में पहुँचकर 'निर्मम' जी एक कुर्सी में दुबके राम राम जपते रहे। उनकी गाड़ी रात में थी। गाड़ी का समय हुआ तो उन्होंने थानेदार से इल्तिजा की कि उनके साथ दो सिपाहियों को भेज दें जो उन्हें डिब्बे में बैठा दें और गाड़ी रवाना होने तक वहीं रुके रहें।

अन्ततः गाड़ी रवाना हुई तो चोटी पर चढ़े 'निर्मम' जी के प्राण वापस उतरे।

आइए, अब हम सब मिलकर मनाएँ कि जैसे 'निर्मम' जी अपने घर सुरक्षित वापस लौटे, वैसे ही सब आलोचक सुरक्षित अपने घर वापस लौटें।

लघु व्यंग्य

दो पिताओं की कथा

कस्बे के एक समाज के प्रमुख सदस्यों की बैठक थी। समाज के एक सदस्य रामेश्वर प्रसाद की बेटी ने घर से भागकर अंतर्जातीय विवाह कर लिया था। अब लड़की-दामाद रामेश्वर प्रसाद के घर आना चाहते थे, लेकिन रामेश्वर भारी क्रोध में थे। उनके खयाल से बेटी ने उनकी नाक कटवा दी थी और उनके परिवार की दशकों की प्रतिष्ठा धूल में मिल गयी थी।

बैठक में इस प्रकरण पर विचार होना था। समाज के एक सदस्य किशोरी लाल एक माह पहले अपनी बेटी का विवाह धूमधाम से करके निवृत्त हुए थे। लड़के वालों की माँग पर उन्होंने कार भेंट में दी थी। करीब दस लाख से उतर गये थे। इस बैठक में वे ही सबसे ज़्यादा मुखर थे।

रामेश्वर प्रसाद को इंगित करके वे बोले, 'असल में बात यह है कि कई लोग अपने बच्चों को डिसिप्लिन में नहीं रखते, न उन्हें संस्कार सिखाते हैं। इसीलिए ऐसी घटनाएँ होती हैं। हमारी भी तो लड़की थी। गऊ की तरह चली गयी। '

रामेश्वर प्रसाद गुस्से में बोले, 'यहाँ फालतू लांछन न लगाये जाएँ तो अच्छा। हम अपने बच्चों को कैसे रखते हैं और उन्हें क्या सिखाते हैं यह हम बेहतर जानते हैं। '

समाज के बुजुर्ग सदस्यों ने किशोरीलाल को चुप कराया। फिर समस्या पर विचार विमर्श हुआ। यह निष्कर्ष निकला कि लड़कों लड़कियों के द्वारा अपनी मर्जी से दूसरी जातियों में विवाह करना अब आम हो गया है, इसलिए इस बात पर हल्ला-गुल्ला मचाना बेमानी है। रामेश्वर प्रसाद को समझाया गया कि गुस्सा थूक दें और बेटी-दामाद का प्रेमपूर्वक घर में स्वागत करें। अपनी सन्तान है, उसे

त्यागा नहीं जा सकता। रामेश्वर प्रसाद ढीले पड़ गये। मन में कहीं वे भी यही चाहते थे, लेकिन समाज के डर से टेढ़े चल रहे थे।

यह निर्णय घोषित हुआ तो किशोरीलाल आपे से बाहर हो गये। चिल्ला चिल्ला कर बोले, 'हमारी लड़की की शादी में दस लाख चले गये, हम कंगाल हो गये, और इनको मुफ्त में दामाद मिल गया। या तो इनको समाज से बहिष्कृत किया जाए या फिर समाज मेरे दस लाख मुझे अपने पास से दे। '

वे चिल्लाते चिल्लाते माथे पर हाथ रखकर बिलखने लगे और समाज के सदस्य उनका क्रन्दन सुनकर किंकर्तव्यविमूढ़ बैठे रहे।

स्वाइन-फ्लू और भैया जी

तीन दिन से भैया जी हलाकान हैं। जुकाम और खाँसी ने ऐसा पकड़ा है कि चैन नहीं है। नाक पनाला हो गयी है। भैया जी दो बार छींकते हैं तो चमचे चार बार छींकते हैं। मेज़ पर दवा की शीशियों का ढेर लगा है। हर चमचा एक दो शीशियाँ ले आया है, इस इसरार के साथ कि 'भैया जी, एक बार ज़रूर आज़माएँ।'

प्रधान चमचा कहता है, 'भैया जी, अब आपकी परेशानी देखी नहीं जाती। उठिए, अस्पताल चलिए। जाँच करा देते हैं। कहीं स्वाइन-फ्लू न हो। खतरा नहीं लेना चाहिए।'

भैया जी भयभीत होकर हाथ उठाते हैं। 'ना भैया, अस्पताल नहीं जाना है। अस्पताल गया तो गंध मिलते ही अखबार और टीवी वाले पहुँच जाएँगे। अगर स्वाइन-फ्लू निकल आया तो बड़ी किरकिरी हो जाएगी। मेरे विरोधी वैसे भी मेरी पीठ पीछे मेरे लिए 'सुअर' 'गधा' शब्दों का इस्तेमाल करते रहते हैं। स्वाइन-फ्लू निकल आया तो और मखौल उड़ेगा।'

प्रधान चमचा दुखी होकर कहता है, 'कैसी बातें करते हैं भैया जी? सैकड़ों लोगों को यह रोग हुआ है।'

भैया जी कहते हैं, 'हुआ होगा। उनकी वे जानें। हमें स्वाइन-फ्लू निकल आया तो दुश्मन यही कहेंगे कि हममें ज़रूर सुअर के कुछ गुण होंगे, तभी इस रोग ने हमें पकड़ा। वर्ना स्वाइन-फ्लू का आदमी से क्या लेना देना? भैया, बर्ड-फ्लू तो चल जाएगा, स्वाइन-फ्लू नहीं चलेगा।'

चमचा मुँह लटका कर कहता है, 'फिर क्या करें भैया जी?'

भैया जी कहते हैं, 'ऐसा करो, कोई भरोसे का डाक्टर हो तो यहीं ले आओ। वह चुपचाप यहीं जाँच कर लेगा। लेकिन पहले उसे गंगाजल हाथ में लेकर कसम खानी होगी कि स्वाइन-फ्लू निकलने पर अपना मुँह बन्द रखेगा।'

प्रधान चमचा कहता है, ठीक है, भैया जी। मैं कोई माकूल डाक्टर तलाशता हूँ।'

भैया जी कहते हैं, 'देख लो भैया। अस्पताल जाना हमें किसी सूरत में मंजूर नहीं। अस्पताल के बजाय सीधे मरघट जाना पसन्द करेंगे। '

शरीर से मुक्ति मिली तो आत्मा सीधे दूसरे लोक में पहुँच गयी। सामने चित्रगुप्त जी खड़े थे। बोले, 'आओ, आओ। हम इंतजार कर रहे थे। चलो पहले तुम्हारे लिए स्वर्ग नरक का फैसला हो जाए।'

वे मुझे सीधे प्रभु के दरबार में ले गये। एक सेवक एक बड़ा पोथा लिये था जिसमें मेरा सारा किया-धरा अंकित था। चित्रगुप्त जी प्रभु को प्रणाम करके बोले, 'प्रभु, इस नयी आत्मा का रिकॉर्ड तो ठीक नहीं है। कभी नियम से मन्दिर नहीं गया, न कभी नियम से आपकी पूजा की। ऐसे ही अकारथ जनम गँवा दिया। इसको नर्क में ही भेजना पड़ेगा।'

प्रभु ने सेवक को पास आने का आदेश दिया, फिर मेरा बहीखाता पलटने लगे। थोड़ी देर देखकर बोले, 'चित्रगुप्त जी, आप भ्रम में हैं। यह आत्मा तो मेरी बड़ी हितैषी, बड़ी शुभचिन्तक है। इसने मेरी पूजा भले ही न की हो, लेकिन मुझे कभी परेशान भी नहीं किया। आधी आधी रात तक घंटे-घड़ियाल बजा कर मेरा चैन हराम नहीं किया, न लाउडस्पीकर पर गा गा कर मुझे बहरा किया। इसने न मुझसे कभी कुछ माँगा, न मुझे रिश्वत देने की कोशिश की।

'चित्रगुप्त जी, यह आत्मा भले ही मेरा कीर्तन न करती हो, लेकिन इसने मुझे कभी बदनाम नहीं किया। मेरा नाम लेकर दूसरों से झगड़ा-फसाद नहीं किया, न मेरा नाम लेकर किसी पर हाथ उठाया। मेरा नाम लेकर इसने इंसानों के बीच नफरत नहीं फैलायी। न किसी का घर लूटा, न किसी का घर फूँका। नाहक किसी का दिल नहीं दुखाया।

'इसने मेरे नाम पर कोई पाखंड नहीं किया। मेरा नाम लेकर किसी को ठगा नहीं, न मेरा नाम लेकर कोई धंधा चलाया। इसने 'मुँह में राम, बगल में छुरी' वाली नीति कभी नहीं अपनायी।

'इसलिए चित्रगुप्त जी, मुझे वे सब प्रिय हैं जिनका हृदय पवित्र है और जो मेरी बनायी संपूर्ण सृष्टि से प्रेम करते हैं, उसके प्रति

सद्भाव रखते हैं। जो जियो और जीने दो की नीति पर चलते हैं। इस आत्मा को ससम्मान स्वर्ग में स्थान दें।'

कचरे वाला और नन्दी जी

शरीफों का मुहल्ला है। रोज़ तड़के कचरा इकट्ठा करने वाला, अपनी गाड़ी खींचता, सीटी बजाता हुआ आता है। सब अपने अपने घर से प्रकट होकर कचरा-दान करते हैं और राहत की साँस लेते हैं।

नन्दी जी तुनुक मिजाज़ हैं। घर में थोड़ी थोड़ी बात पर भड़कते हैं। सफाई-पसन्द हैं। कचरे वाले को देखकर उनका माथा चढ़ता है। कचरे के डिब्बे में दूर से कचरा टपकाते हैं। मास्क के ऊपर से सिकुड़ी नाक नज़र आती है। देखकर कचरे वाले का मुँह बिगड़ता है। कई बार कह देता है, 'आप ही का कचरा है। हमारे घर का नहीं है। '

एक दिन नन्दी जी उससे उलझ गये। उसने गीला और सूखा कचरा अलग अलग डिब्बों में डालने को कहा तो वे उखड़ गये----'हम यही करते रहेंगे क्या? दूसरा काम नहीं है? पहले क्यों नहीं बताया? '

थोड़ी बहस हो गयी। अन्त में नन्दी जी उँगली उठाकर बोले, 'ऑल राइट, आप कल से हमारे घर से कचरा नहीं लेंगे। आई विल मैनेज इट। ' कचरे वाला 'ठीक है' कह कर आगे बढ़ गया।

भीतर आकर बोले, 'मैं कर लूँगा। जब वह कर सकता है तो हम क्यों नहीं कर सकते? '

मिसेज़ नन्दी अपने पति को जानती थीं, इसलिए कुछ नहीं बोलीं।

दूसरी सुबह कचरे वाला घर के सामने से निकल गया। रुका नहीं। नन्दी जी घर में बैठे रहे। बुदबुदाये, 'मिजाज़ दिखाता है! आई विल डू इट। '

घर में तीन दिन का कचरा इकट्ठा हो गया। अब सबकी नाक सिकुड़ने लगी। सबकी नज़रें नन्दी जी पर टिकने लगीं। नन्दी जी सबसे नज़र बचाते फिर रहे थे।

चौथे दिन वे तैयार हुए। स्कूटर पर कचरे की दो बकेट रखीं और आगे बढ़े। तिरछी नज़रों से देखते जा रहे थे कि कोई परिचित देख तो नहीं रहा है। भीतर से सिकुड़ रहे थे।

लंबे निकल गये, लेकिन कोई कचरे का कंटेनर नहीं दिखा। परेशान हो गये। सड़क के किनारे फेंकने पर कोई भी चार बातें सुना

सकता था। आगे कुछ खेत थे। वहीं स्कूटर रोक कर चारों तरफ देखा, फिर पौधों के बीच में बकेट खाली करके भाग खड़े हुए। खेत में से एक रखवाला कुत्ता भौंकता हुआ उनके पीछे दौड़ा, लेकिन वे राम-राम करते निकल गये।

घर पहुँचकर लंबी साँस लेते हुए पत्नी से बोले, 'आई कान्ट डू इट। इट इज़ वेरी डिफ़ीकल्ट। कचरा फेंकने की कोई जगह ही नहीं है। कहाँ फेंकें? '

अगली सुबह जब कचरे वाला आया तब मिसेज़ नन्दी गेट पर थीं। उसे रोककर बोलीं, 'कचरा लेना क्यों बन्द कर दिया, भैया? ' कचरे वाला कैफ़ियत देने लगा तो थोड़ी देर सुनकर बोलीं, 'वे थोड़ा गुस्सैल हैं। क्या करें। आप खयाल मत करो। आगे से कचरा हमीं दिया करेंगे। यह थोड़ा सा प्रसाद है, बच्चों को दे देना। '

भीतर नन्दी जी मुँह पर दही जमाये बैठे थे। मिसेज़ नन्दी कचरा देकर लौटीं तो सबके चेहरे पर राहत का भाव आ गया। मुसीबत टल गयी थी। सुबह सुहावनी हो गयी थी। अब तक सब का मन कचरे में अटका था, अब लोगों की नज़र क्यारी के सुन्दर गुलाबों और सामने उठते सूरज के नारंगी गोले की तरफ गयी।

मुहल्ले में अफ़रा-तफ़री थी। पूरा लॉकडाउन लगा था, घरों से निकलने की सख़्त मुमानियत थी। लेकिन लोग थे कि बेवजह प्रकट होने से बाज़ नहीं आ रहे थे। पुलिस उन्हें हाँकते हाँकते परेशान थी। पाँच को भगाती तो दस पैदा हो जाते।

अचानक पुलिस इंस्पेक्टर के पास एक नौजवान आकर खड़ा हो गया। महीनों की बढ़ी दाढ़ी और बाल, तुचड़े-मुचड़े कपड़े। लगता था महीनों से नहाया नहीं है। देखते ही 'सोशल डिस्टांसिंग' की इच्छा होती।

इंस्पेक्टर को सलाम करके बोला, 'सर, ख़ाकसार को लोग 'ज़ख़्मी' के नाम से जानते हैं। शायर हूँ। शहर का बच्चा बच्चा मेरे अशआर का दीवाना है। आपकी परेशानी देखकर मन हुआ कि आप की कुछ मदद करूँ। कौम की ख़िदमत करना अपना फर्ज़ मानता हूँ। मैंने इस महामारी पर कुछ नज़्में लिखी हैं। लोगों को सुनाऊँगा तो वे आपका नज़रिया समझेंगे और आपका काम हल्का हो जाएगा। मुझे एक कुर्सी और मेगाफोन दिलवा दें तो मैं अभी काम में लग जाऊँगा।
'

इंस्पेक्टर साहब उसकी बात से प्रभावित हुए। कुर्सी और मेगाफोन का इंतज़ाम हो गया और 'ज़ख़्मी' साहब अपना रजिस्टर निकाल कर तत्काल शुरू हो गये। थोड़ी देर में इंस्पेक्टर साहब ड्यूटी बदलकर चले गये।

दूसरे दिन सबेरे लौटे तो पाया 'ज़ख़्मी' साहब, दीन-दुनिया से बेख़बर, पूरे जोश के साथ अपनी नज़्में पढ़ने में लगे हैं। उनकी बुलन्द आवाज़ पूरे वातावरण में गूँज रही थी। बाकी सब तरफ सन्नाटा था। कहीं चिरई का पूत भी दिखायी नहीं पड़ता था।

इंस्पेक्टर को देखकर 'ज़ख़्मी' साहब अपना कलाम बन्द करके खड़े हो गये, बोले, 'देख लीजिए सर, अपनी नज़्मों का कैसा असर हुआ है। कोई घरों से बाहर नहीं निकल रहा है। इस मुहल्ले के लोग यकीनन अच्छी शायरी के कद्रदाँ हैं। '

इंस्पेक्टर साहब ने संतोष ज़ाहिर किया। इधर उधर नज़र घुमायी तो देखा सामने खिड़की में कई सिर इकट्ठे हैं और उन्हें पास आने का इशारा किया जा रहा है। इंस्पेक्टर साहब खिड़की के पास पहुँचे तो उनमें से एक बन्दा हाथ जोड़कर बोला, 'सर, कल हमसे बड़ी गलती हुई जो हमने आपकी हुक्मउदूली की। लेकिन इस शायर को यहाँ छोड़कर आपने हमें बड़ी सज़ा दे दी है। ये हज़रत जब से शुरू हुए हैं तबसे पाँच मिनट को भी बन्द नहीं हुए। एक ही सुर में लगातार पढ़े जा रहे हैं। हम रात भर सो नहीं पाये। अब हमें बर्दाश्त नहीं हो पायेगा। हम इस महामारी से मरें न मरें, इनकी शायरी से यकीनन मर जाएंगे। इन्हें यहाँ से रूख़्सत करें। हम वादा करते हैं कि आगे आपको शिकायत का मौका नहीं मिलेगा। '

इंस्पेक्टर वापस आये तो 'ज़ख़्मी' साहब ने पूछा, 'सर, ये लोग क्या कह रहे थे? '

इंस्पेक्टर साहब ने जवाब दिया, 'आपकी तारीफ कर रहे थे। आपकी शायरी उन्हें बहुत पसन्द आयी। शुक्रिया, अब आप तशरीफ़ ले जाएं। '

'ज़ख़्मी' साहब बोले, 'यह मेरा कार्ड रख लीजिए। फिर कभी मेरी ज़रूरत पड़े तो याद कीजिएगा। मैं फौरन हाज़िर हो जाऊँगा। कौम की ख़िदमत करना मेरा फर्ज़ है। '

एक और त्रिशंकु

पुराणों में एक कथा राजा त्रिशंकु की है जिन्हें ऋषि विश्वामित्र ने सशरीर स्वर्ग भेज दिया था। उन्हें इंद्र ने वापस ढकेला तो विश्वामित्र ने पृथ्वी और स्वर्ग के बीच उनके लिए अलग स्वर्ग का निर्माण कर दिया और वे वहीं लटके रह गये।

दूसरी कथा युधिष्ठिर की है। आयु पूरी कर जब वे दूसरे लोक गये तो उन्हें अश्वत्थामा की मृत्यु के संबंध में मिथ्याभाषण के दंडस्वरूप कुछ देर के लिए नरक जाना पड़ा। वहाँ नरकवासियों ने प्रार्थना की कि उन्हें कुछ देर और वहाँ रखा जाए क्योंकि उनको छू कर आने वाली हवा से उन्हें सुख मिल रहा था।

अब नेताजी की बात। छः बार दल-बदल करने और छत्तीस अपराधों में नामित होने के बाद भी स्वच्छंद विचरते नेताजी अचानक संसार से मुक्त हुए तो सीधे नरक पहुँचे। नेताजी दुखी हुए क्योंकि उन्हें पूरी उम्मीद थी कि उनके गुनाहों के बावजूद उन्हें स्वर्ग में प्रवेश मिल जाएगा, जैसे वे पृथ्वी पर दल बदल कर हर अपराध के दंड से बचने में सफल होते रहे थे। लेकिन ऊपर उनकी कोशिशें कारगर नहीं हुईं।

नेताजी के आने से एक गड़बड़ यह हुई कि नरक में अचानक भयानक दुर्गंध फैलने लगी। थोड़ी ही देर में नरकवासी उस दुर्गंध से त्रस्त हो गये। लोग अचेत होकर गिरने लगे। खोजने पर पता चला कि वह दुर्गंध नेताजी की आत्मा से निःसृत हो रही थी।

दुर्गंध को रोकने के सारे प्रयास विफल होने पर तय हुआ कि नरकवासियों के हित में नेताजी को वापस धरती पर भेज दिया जाए, जहाँ वे आत्मा के ही रूप में कुछ दिन रहें। दुर्गंध कुछ कम होने पर उन्हें पुनः नरक में खींचने पर विचार होगा।

दुर्भाग्य से यह खबर पृथ्वी पर लीक हो गयी और वहाँ खलबली मच गयी। लोग मन्दिर-मस्जिद में इकट्ठा होने लगे। प्रार्थना के द्वारा ऊपर संदेश भेजा गया कि नेताजी से बमुश्किल-तमाम मुक्ति मिली है, अतः उन्हें किसी भी सूरत में धरती पर न भेजा जाए। यह भी कहा गया कि नेताजी खुराफाती स्वभाव के हैं, अतः उनकी आत्मा

यहाँ किसी के शरीर में जबरन घुसकर उसकी आत्मा को अपने काबू में कर लेगी और उसे अपने मंसूबों के हिसाब से चलाने लगेगी। लोगों ने प्रभु से यह भी कहा कि यदि नेताजी की आत्मा को पृथ्वी पर भेजा गया तो लोगों का भरोसा ईश्वर पर से उठ जाएगा और उनकी पूजा-अर्चना बन्द हो जाएगी।

यह संदेश ऊपर पहुँचा तो वहाँ सभी चिन्ता में पड़ गये। विचार-विमर्श के बाद तय हुआ कि फिलहाल नेताजी को ऋषि विश्वामित्र द्वारा राजा त्रिशंकु के लिए बनाये गये स्वर्ग में भेज दिया जाए, जहाँ एक के बजाय दो हो जाएँगे। निर्णय होते ही नेताजी की आत्मा को त्रिशंकु के स्वर्ग में ढकेल दिया गया।

दो तीन दिन बाद ही ऊपर राजा त्रिशंकु की गुहार पहुँची---'हमें यहाँ से निकाला जाए। हम पृथ्वी पर वापस जाने के लिए तैयार हैं। अब हमारी स्वर्ग में रहने की इच्छा मर गयी है। '

जानवरों की बेअदबी

कहीं पढ़ा कि एक राज्य में कुछ समझदार लोगों ने 'हलाल मीट' के विरुद्ध आवाज़ उठाते हुए माँग की कि बाज़ार में 'हलाल मीट' की जगह 'झटका मीट' ही बेचा जाना चाहिए। यानी जानवर को एक झटके में ही इस दुनिया से रुखसत किया जाए, वध के तरीके में कोई मज़हबी कर्मकांड न हो।

उल्लेखनीय है कि आदमी के जन्म से ही अनेक पशु-पक्षी और समुद्री-जीव उसके ज़ायके के लिए खुशी-खुशी अपनी जान की कुर्बानी देते रहे हैं। मनुष्य- जाति का इतिहास लिखते समय पशुओं की इस कुर्बानी को स्वर्णाक्षरों में लिखा जाना चाहिए।

सभी धर्मग्रंथ मानते हैं कि हर जीव का जन्म और मृत्यु पूर्वनियत है। शायद इसीलिए पशुओं का वध करते समय आदमी को हिचक नहीं होती। जब सब कुछ पूर्व निश्चित है तो आदमी को केवल ऊपर वाले की इच्छा की पूर्ति का निमित्त ही माना जा सकता है। इस हिसाब से देखें तो आदमी की हत्या पर मिलने वाला दंड भी अटपटा लगता है। कुछ लोग इतने 'पशु-प्रेमी' होते हैं कि, बिना माँस के, निवाला उनके हलक से नीचे नहीं उतरता।

ऊपर बताए गये वाकये में जब हल्ला- गुल्ला ज़्यादा बढ़ा तो अधिकारी हरकत में आये और हलाल और झटका के तरफदारों को अलग-अलग समझाइश देने की कोशिश शुरू हुई, लेकिन बहुत मगजमारी के बाद भी पशु-वध के किसी एक तरीके पर दोनों पक्षों की सहमति नहीं बन सकी। तभी एक अधिकारी, जिन्हें उनकी न्यायप्रियता और संवेदनशीलता के कारण सनकी माना जाता था, ने एक नूतन प्रस्ताव पेश किया। उन्होंने सुझाव रखा कि बेहतर होगा कि इस मामले पर प्रभावित पक्ष यानी मुर्गे और बकरों की रायशुमारी करा ली जाए कि वे किस तरीके से स्वर्ग जाना पसन्द करेंगे।

अधिकारी के इस प्रस्ताव पर सभी पक्षों की सहमति बन गयी और प्रस्ताव पेश करने वाले अधिकारी को ही रायशुमारी की ज़िम्मेदारी सौंप दी गयी। अधिकारी ने तुरन्त वोटिंग-मशीन का

इन्तज़ाम किया जिस पर पाँव से बटन दबाकर अपनी पसन्द अंकित की जा सकती थी। तीन विकल्प रखे गए--- झटका, हलाल और नोटा, यानी 'इनमें से कोई नहीं'।

नगर के बकरों-मुर्गों को इकट्ठा करके उनका वोट डलवाया गया। जब परिणाम सामने आया तो सभी पक्ष ठगे से रह गये क्योंकि सभी पशुओं ने 'नोटा' का बटन दबाया था, यानी वे फिलहाल इस दुनिया से रुखसत नहीं होना चाहते थे।

देखकर अधिकारियों के मुँह का ज़ायका बिगड़ गया। ऐसी बेअदबी! दिस इज़ ओपिन डिफाएंस ऑफ अथॉरिटी। 'हमने उन्हें अपनी बात रखने का मौका दिया और वे हमारा ज़ायका बिगाड़ने पर तुल गये! इतने दिन तक दाना- पानी देने का ये सिला! ' कुछ लोगों ने रायशुमारी कराने वाले अधिकारी की लानत- मलामत की क्योंकि उन्होंने 'नोटा' का विकल्प शामिल किया था।

अन्त में निष्कर्ष निकला कि अधिकारियों ने पशुओं को उनकी किस्मत का फैसला करने का मौका दिया, लेकिन उन्होंने उसका गलत फायदा उठाया। इसलिए इस मामले में आगे उनसे कोई राय न ली जाए। अब एक तीन- सदस्यीय समिति गठित की जाएगी जो दो महीने के भीतर मनुष्य-जाति के दोनों पक्षों से बात कर सहमति बनाने की कोशिश करेगी। तब तक पशुओं को रुखसत करने के लिए वर्तमान तरीके ही अपनाये जाएंगे।

व्यंग्य-नाटिका

एक साफ-सुथरा इंटरव्यू

(एक दफ्तर का दृश्य। बरामदे में दस बारह उम्मीदवार अपनी अपनी फाइलें लिये बैठे हैं। दरवाज़ा खोलकर, टेढ़ी टोपी लगाये, हाथ में एक कागज लिये, एक चपरासी प्रकट होता है।)

चपरासी- हाँ जी! तो आप सब लोग इस कागज पर अपने नाम के आगे दस्तखत बना दीजिए और सौ सौ रुपये दे दीजिए।

एक उम्मीदवार- ये सौ रुपये किस बात के हैं?

चपरासी-सौ रुपये हमारे हैं। दस्तखत कराने के। कभी किसी दफ्तर में नहीं गये क्या? दफ्तर के नियम कानून नहीं मालूम?

(दस्तखत कराके और सौ सौ रुपये लेकर चला जाता है। थोड़ी देर में एक बाबू आता है। बढ़ी हुई तोंद पर खिसकती पैंट। मुँह में पान।)

बाबू- देखिए, आप लोग बारह उम्मीदवार हैं और पोस्ट हैं कुल छः। काम मुश्किल है, लेकिन हमने सब व्यवस्था कर ली है। पहले चिट्ठी वालों पर विचार होगा, फिर लिफाफा वालों पर। लेकिन इतना समझ लीजिए कि चिट्ठी स्टैंडर्ड की होनी चाहिए। विधायक इधायक की चिट्ठी नहीं चलेगी। इसी तरह लिफाफे का वजन भी हमारे विभाग के स्टैंडर्ड के हिसाब से होना चाहिए। वजन कम हुआ तो हम आपकी कोई मदद नहीं कर पाएँगे। हाँ, तो पहले चिट्ठी बताएँ।

(एक उम्मीदवार हाथ उठाता है।)

कहिए, आपको क्या शिकायत है?

उम्मीदवार- हम फोन वाले हैं। हमारी अलग कैटेगरी है।

बाबू- कौन फोन वाले?

उम्मीदवार- भीतर जाकर पूछिए। कोई धरणीधर जी का फोन आया था क्या?

बाबू (हड़बड़ा कर)- रुकिए। एक मिनट रुकिए। मैं अभी आता हूँ। (भीतर जाता है। फिर दरवाज़ा खुलता है। सूट टाई वाले एक साहब प्रकट होते हैं। मुँह पर मुस्कान। पीछे पीछे ओठ फैलाये बाबू।)

साहब (बाबू से)- कौन हैं?

बाबू (फोन वाले उम्मीदवार की तरफ उँगली उठाकर)- वह रहे।

(साहब बढ़कर उम्मीदवार के पास जाते हैं।)

साहब- तो आप ही हैं मिस्टर अशोक?

(हाथ बढ़ाते हैं। उम्मीदवार बैठे-बैठे ही हाथ मिलाता है।)

साहब- धरणीधर जी का फोन आया था। आपको बहुत तकलीफ हुई। मुझे बहुत अफसोस है। धरणीधर जी कैसे हैं?

उम्मीदवार- ठीक हैं।

साहब- उनसे मेरा प्रणाम कहिएगा। बड़ी कृपा है उनकी मेरे ऊपर। अ ग्रेट मैन। एकदम दया की मूर्ति। अब आप जाइए। आपका टाइम कीमती है। मैं लैटर भेज दूंगा। धरणीधर जी से मेरा प्रणाम ज़रूर कहिएगा। कहिएगा आपके सेवक पी.सी. ने प्रणाम भेजा है।

उम्मीदवार- ज़रूर।

(चला जाता है। साहब बिना दूसरों की तरफ देखे अन्दर चले जाते हैं। बाबू वहीं रह जाता है।)

बाबू- हाँ, तो चिट्ठी वाले अपनी अपनी चिट्ठियाँ मुझे थमाइए और यहीं शान्ति से बैठे रहिए।

(पाँच उम्मीदवार बाबू को चिट्ठियाँ थमाते हैं। बाबू उन्हें लेकर अन्दर चला जाता है। थोड़ी देर में फिर प्रकट होता है।)

ये सुनील कुमार और राजेश कौन हैं?

(दो उम्मीदवार हाथ उठाते हैं।)

हाँ तो आप की चिट्ठियाँ काम की पायी गयीं। आप जाइए, आपको लैटर मिल जाएगा। बाकी तीन ये अपनी चिट्ठियाँ सँभालिए। विधायक सिधायक की सिफारिश पर नौकरी के ख्वाब देखते चले आते हैं। आपको सामान्य उम्मीदवारों के साथ इंटरव्यू देना हो तो बैठे रहिए, नहीं तो घर जाइए। वैसे हालत आपके सामने है।

अच्छा, अब लिफाफे वाले अन्दर आ जाएँ।

(छ: उम्मीदवार अन्दर जाते हैं। उनमें दो वे भी है जिन की चिट्टियाँ लौटा दी गयी हैं। थोड़ी देर में छहों उम्मीदवार बाहर निकलते हैं। तीन प्रसन्न हैं, तीन के मुँह लटके हैं। पीछे पीछे बाबू है।)

बाबू- देखिए, लिफाफे के आधार पर तीन का और चुनाव हो गया। जिनके लिफाफों का वजन हमारे विभाग के स्टैंडर्ड के हिसाब से नहीं था वे रिजेक्ट हो गये। दूध का दूध और पानी का पानी। सब काम कायदे के मुताबिक। ये तीनों लकी उम्मीदवार भी जा सकते हैं। जिनका चुनाव हो गया उनको हमारी मुबारकबाद, बाकी के लिए हमदर्दी और गुड विशेज़।

हाँ तो ध्यान दीजिए। पोस्ट तो सब भर गयीं। लेकिन यह जो छ: उम्मीदवार रह गये हैं उन्हें शिकायत का मौका नहीं मिलेगा। हम बराबर उनका इंटरव्यू लेंगे, भले ही हमारा थोड़ा बहुत वक्त खराब हो।

अब एक एक उम्मीदवार को बुलाने से तो फायदा नहीं क्योंकि काम तो खतम हो गया। हम आपको तीन-तीन करके दो बार में बुलाएँगे और आनन-फानन निपटा देंगे, ताकि आप भी घर जाकर भोजन विश्राम करें और हम भी आप से पीछा छुड़ायें।

(लिस्ट देख कर)

हाँ तो के.पी.सिंह, शिव कुमार और रमेश प्रसाद आ जाएँ।

(भीतर तीन साहब टाई सूट में बैठे हैं। आँखों पर चश्मा। गंजा होता सिर और आँखों में नींद। सामने एक कुर्सी रखी है। बाबू चपरासी से कहकर दो कुर्सियाँ और रखवा देता है। तीनों उम्मीदवार बैठ जाते हैं।)

साहब एक- हाँ तो आप लोग इंटरव्यू के लिए तैयार हैं?

तीनों उम्मीदवार- जी हाँ, तैयार हैं।

साहब एक- तो जल्दी इस काम को निपटा देते हैं। सीरिया की क्राइसिस के बारे में तो आपने पढ़ा ही होगा?

तीनों- पढ़ा है।

साहब एक- बहुत खूब! बहुत खूब! अफगानिस्तान में हुई तब्दीलियों के बारे में पढ़ा है?

तीनों- हाँ, पढ़ा है।

साहब एक- शाबाश! आप से और क्या उम्मीद की जा सकती थी? रूस के यूक्रेन पर आक्रमण के बारे में पढ़ा है?

तीनों- पढ़ा है।

साहब एक- बहुत बढ़िया। मतलब यह कि आपकी तैयारी पूरी है। (दूसरे साहब से) आप पूछिए।

तीनों- आपने हमसे कोई सवाल तो पूछा ही नहीं।

साहब एक- पूछ कर क्या करना है? हम जानते हैं कि आपको सारे जवाब मालूम हैं। और फिर अब पूछने से फायदा क्या? एक रस्म पूरी करनी थी।

साहब दो- चीन की इकॉनामी की ग्रोथ के फैक्टर्स के बारे में जानकारी है?

तीनों- है।

साहब दो- अमेरिका ईरान तनाव के कारणों का पता है?

तीनों-है।

साहब दो- लेबनान की समस्या की जानकारी है?

तीनों- है।

साहब दो- वेल डन। (तीसरे साहब से) आप भी पूछ लीजिए। देर हो रही है।

साहब तीन- नीरज चोपड़ा का नाम सुना है?

तीनों- सुना है।

साहब तीन- यूसेन बोल्ट का सौ मीटर का रिकॉर्ड पता है?

तीनों- पता है।

साहब तीन- अभी चल रहे ओलंपिक में इंडिया की पोज़ीशन की जानकारी है?

तीनों- जी, है।

साहब तीन- बहुत अच्छा। तीनों ब्रिलिएंट हैं।

साहब एक- वेल जेंटिलमेन, अब आप जा सकते हैं। हमने अपनी ड्यूटी पूरी की। अब कोई नहीं कह सकता कि हमने आपको मौका नहीं दिया। हमारी आत्मा साफ है। रिज़ल्ट तो आपको पहले ही बता दिया है। अच्छा, बाय।

उम्मीदवार एक- हम आपकी शिकायत करेंगे।

(तीनों साहब आश्चर्यचकित होते हैं।)

साहब दो- शिकायत करोगे? क्या शिकायत करोगे?

उम्मीदवार एक- यही कि आपने सिफारिश और रिश्वत के आधार पर चुनाव किया।

साहब तीन (आश्चर्य से)- तो क्या गलत किया? हमने तो सब पहले ही बता दिया था। गलत काम वह है जो छिपा कर किया जाए। हमने एक प्रोसीजर बना रखा है। आप उसमें फिट नहीं हुए तो हम क्या करें? अपने को उसके काबिल बनाइए। देश के लिए कुछ त्याग करने की आदत डालिए। बिना त्याग के कोरी काबिलियत से क्या होगा?

उम्मीदवार एक- मैं मामले को ऊपर तक ले जाऊँगा।

साहब तीन- ऊपर कौन है ब्रदर? हम तो ऊपर वालों के ही कठपुतले हैं। ऊपर से जैसी डोरी खिंचती है, वैसा ही हम खेल दिखाते हैं। तुम हमें डरा नहीं सकते, भाई। जैसे कोई भक्त भगवान को अपने सब कामों का सूत्रधार मानकर निर्भय हो जाता है, वैसे ही हम अपने सूत्रधारों पर सब छोड़कर निर्भय हैं। तुम्हें दीवार से अपना माथा फोड़ना है तो खुशी से जाओ। दरवाज़ा खुला है।

साहब दो- खीझने से कोई फायदा नहीं ब्रदर। अपने में दूसरी तरह की काबिलियत पैदा करो। हम तो खुद चाहते हैं कि अगली बार आप आयें जो हम खुशी से आप का चुनाव कर सकें। फिलहाल जाइए और बाकी तीन को भेज दीजिए ताकि हम जल्दी उनको भी निपटाने की ड्यूटी पूरी कर सकें। गुड लक, जेंटिलमेन।